光文社文庫

文庫オリジナル

南青山骨董通り探偵社

五十嵐貴久

KOBUNSHA

南青山骨董通り探偵社

Part1

1

四階フロアに戻ると、自分の席に部長の服部《はっとり》が座っていた。

ヤバイ、と反射的に思ったが、自分の椅子である以上どうにもならない。及び腰でデスクに近づく。

「……どうもです」

ちょっと来てくれ、と立ち上がった服部部長がフロアの隅に設置されているガラス張りの喫煙ブースに入っていった。服部が煙草を吸わないことを雅也《まさや》は知っている。またお説教ですかと頭を抱えたが、従うしかなかった。

「どこにいた？」

服部がフリスクを取り出して、二粒口にほうり込んだ。かみ砕いたりせず、延々となめ続ける癖がある。

「いや……ちょっと、その……」

「七階だろ?」服部が生のゴーヤを食べた時のような顔で言った。「お前がどこで何してるかなんてお見通しだ」

はあ、と顔を伏せ、自分のローファーに視線を落とした。だったら聞かなければいいと思うが、人事部から連絡が行ったのだろう。そういうところは密な会社だった。

「来たくて営業部に来たわけじゃないって言いたいのはわからんでもない。だけど、こっちだってお前を指名したわけじゃないんだ。配属は希望通りにはいかんよ……何歳になった?」

「二十五です」

「大学出てもう三年か。お前の希望なんて会社には関係ないと、そろそろわかってもいいんじゃないのか?」

井上《いのうえ》雅也は先月の八月で二十五歳になった。新卒で日本最大の自動車メーカー、トヨカワ自動車に入社して三年経つ。説明するまでもないことだが、大学生からの人気が最も高い企業のひとつだろう。給料や福利厚生などを含め、待遇はトップクラスの水準だ。

大学はそこそこに一流で、成績もぼちぼちだった。落ちこぼれということではないが、とびきり優秀な大学生でもないという自覚はあった。

コネもなく、群馬出身で東京に深い係わりのある知り合いもいない。それでもトヨカワに受かったのは、真面目な人間性を評価されたと考えるしかなかった。実際に入社後上司からそう言われたこともある。

同じゼミの仲間では最も早く、最も有名な会社への内定を取ったことで羨《うらや》ましがられたりもしたが、どうもそういうことばかりではないようだと入社早々気づいた。配属された営業部が凄《すさ》まじい競争社会であると知ったからだ。

役員及び部長の方針で、営業部員たちはそれぞれノルマを課せられ、一人が百以上の営業所を担当する。実際に車を売るのはディーラーの仕事だが、営業マンは営業所すべてをフォローしなければならなかった。

入社四カ月で右も左もわからない新入社員でも、ベテラン営業マンと同じ仕事をこなさなければならない。何をすればいいのか、誰も教えてくれなかった。聞いても答えてくれない。全員がライバルだからだ。

部長はもっと激烈な言葉を使って社員を煽《あお》った。全員が敵なのだ、と言う。先輩より同僚より後輩より一台でも多く売れ。結果だけが評価の対象だ。売上さえ上げれば褒賞金も支払うし、ボーナスもアップする。これはフェアなやり方なのだ。

そうかもしれないが、新人にはハンデがあるのではないか。器用な者は先輩や現場のディーラーなどにおもねり、うまくやっていたが、雅也にはできなかった。性格的に苦手なのだ。あんなふうにはできない、と毎日ため息をついて過ごすしかなかった。

担当エリアは成績順に選べることになっていたが、これもアンフェアな部分があり、何の実績もない新入社員は不利な場所を押し付けられた。不満だったが、何を言っても上は聞いてくれない。成績さえ上げれば場所は選べるとだけ言う。公平だろうと自慢されたが、そうとは思えなかった。

それを指摘すると、お前は愚痴ばかりだなと叱責《しっせき》され、気づけば八王子の更に奥、山しかないようなエリアに飛ばされていた。東京とはいえ、ほとんど人も住んでいないような地域だ。そんなところで六百万円の高級車を誰に売れというのだろう。

だが、それは一種のシステムなのだとわかった。有能で見込みのある社員を掬《すく》い、駄目な社員を淘汰《とうた》するためのシステム。できない奴は切り捨てるということだ。

改めて見てみると、二十三区内のような優良エリアには大学の成績が良かった者、コネのある者、あるいは上のやり方に自分を合わせることができる者ばかりが担当として配置されていた。雅也も心を改めようと思ったが、理解するのが遅かったようだ。一度出来上がってしまった組織の中に自分の場所を確保するのは難しかった。

何としても今のポジションからはい上がっていこう、というほどのモチベーションはない。生まれつきの性格だからどうしようもなかった。

同じ営業部に誰も話をする人間はいない。同期はみんなライバル意識を剝《む》き出しにするか、雅也のような落ちこぼれは相手にしないと決めているかのどちらかだ。

先輩からは出る杭は打てとばかりに叩かれる。一年後入社してきた後輩たちもシステムに組み込まれていき、不平不満を言う者はいなかった。

百人近い営業部の中で、とてつもない孤独感に襲われ、仕事を頑張ろうという意識はなくなった。後は異動願いを出すしかない。そこまで追い詰められていた。

一年ほど前から、人事部に他部署への異動を申請している。文系だから技術や開発関係の部署は無理だ。事務職を除けば宣伝、広報関連の部署ということになる。希望を提出し続けたが、毎回体《てい》よくあしらわれるだけだった。

それでも諦め切れず、個人的な相談という形で人事部長のデスクに日参するようになった。ここだけの話、あんまり変な動きをしない方がいいよと何回目かに忠告された。同じ会社なんだからどこの部署でもいいだろう、という意味だ。

給料や待遇のことを考えれば、その通りだと思う。むしろ他部署へ行けば、時給換算すると下がるのかもしれない。広報部は時間が不規則で、休みもあまり取れないという話も聞いている。

だが、営業部にい続けるのは難しいだろう。今朝、出社してすぐ七階の人事部へ行き、いつものように希望を伝えたが、はっきりしない返事があっただけだ。戻ったところを服部部長に捕まる形になっていた。

「異動したいのはわかってる。だけど、おれの立場も考えてくれよ。新卒、三年目の社員が、直属の上司を飛び越えて人事部に直訴《じきそ》するなんて、おれの管理能力の問題にもなる話だぜ？　困るんだよ」

「……すいません」

「出社していきなりっていうのも常識を疑うね。お前はトヨカワの社員で、営業部員なんだぞ。時間は決まってる仕事だ。時間内は営業の仕事をするべきだろう？　何なんだよ、いったい」

すいません、とまた頭を下げた。ローファーの爪先に黒い染みが光っている。

「わからんよなあ、お前みたいな奴は……会社に感謝とかは？　雇ってもらっているという気持ちは？　忠誠心は？　それだけのものはもらってるだろ？　自分の仕事をしろよ。どこそこへ行きたいなんていうのは一人前になってからだ。お前にそんな資格はないよ」

ねちねちとした文句が続く。服部は今年四十になる男で、営業という仕事に関しては有能だがそのやり方についてはいかがなものかと雅也は思っていた。

競争原理の導入は服部が提唱したと聞いている。業績は上がったというから、間違ってはいないのだろう。それにしてもやり過ぎではないだろうか。

「若い奴の話はわからんことばっかりだけどな」服部の呪文のような声が続いている。

「ぼけーっとして、ちっとも動かない。口を開けば不満ばかりだ。そういう時代なんですかねえ」

雅也としては、仕事はそれなりにこなしているつもりだった。もっと頑張れと言われると、そうなのかなあとも思うが、与えられたエリアは最悪の条件にもかかわらずとりあえずノルマはクリアしているし、会社に損もさせていない。これ以上どうしろというのかと思っているが、服部としてはもっとできるはずだと考えているようだった。

「昨日だって遅刻しただろ。どうなんだよ、それ。たるんでるんじゃないのか？」

服部がもう二粒フリスクを口に入れた。その通りで、昨日は三十分遅刻していた。理由は寝坊で、それ以外ではない。言い訳するようなことではないとわかっていたから、すいませんすいませんとまた頭を下げた。

「最近多いんじゃないか？　先月なんか、一時間遅れてきたこともあっただろ」

「あれはちょっと事情があって……それは説明したじゃないですか」

ちょうどひと月前のことだ。通勤電車の車内で、隣にいた老人が急に倒れた。少しだが吐いてもいた。満員だった車内から人がさっと退《ひ》いた。その鮮やかさに感心するほどだった。

次の駅で老人を降ろすことになり、雅也もそれを手伝った。一番近くにいたのは確かで、放っておくわけにもいかなかったのだ。数人のサラリーマン、ＯＬがホームで老人を取り囲んだ。顔色は泥のようで、呼吸もほとんどしていないように見えた。

口の周りが吐瀉物《としゃぶつ》で汚れている。誰か呼んできます、と言ってＯＬが離れていった。救急車を呼ぶ、と電話をかけ始めた者もいた。おれ、ＡＥＤ捜してくるよ、と三十代のサラリーマンがホームを走っていった。気がつくと、雅也が一人で老人を見守る形になっていた。

しまったと思ったが遅かった。何の義理もない、名前すら知らない老人が死にかけている。この場にいるのは自分だけだ。何かしなければならないのだろうが、どうしろというのか。

老人の顔を見た。七十歳前後だろう。苦しそうだった。身につけているのは薄汚れた服で、もしかしたらホームレスなのかもしれない。体全体が垢《あか》で覆われているように感じた。触れるのも嫌だった。

だが、死にかけているのも本当だ。冗談じゃないよとつぶやきながら、老人の心臓を何度か押したが変化はない。顔色がどんどん悪くなっていくのがわかった。

何でこんなことをと思ったが、人工呼吸をするしかないようだった。他に救命措置の方法を知らなかった。したくなかったが、どうしようもない。七十のジジイとマウストゥーマウスかよ、と思いながら、唇を押し当てた。

アンモニアの尖った臭いがしたことは覚えているが、後はよくわからない。人工呼吸だって経験はなかったのだ。正しいやり方をしているかどうかも疑問だったが、他にどうしようもないので続けるしかなかった。

何度か繰り返しているうちに、老人の喉から息が漏れる音がした。すぐに大きく咳き込んだ。同時にまた少し吐いて、汚物が靴にかかった。勘弁してくれよ。先週買ったばかりなんですけど、これ。

何でこんな目にあわなければならないのかと自分の不運を呪っていたところに数人の駅員が駆けつけてきた。救急車はすぐに来るという。後は自分たちに任せてほしいと言うので、喜んで、と場所を空けた。一人の駅員がありがとうございますと何度も頭を下げ、正式にお礼をしたいので来てほしいと言ったが断った。

通勤の途中なのだ。すでに遅刻は確実で、会社に連絡を取らなければならなかった。いやあ、と意味不明のことを言って改札へと走った。結果、一時間遅刻した。

「理由があるって言ったじゃないですか。そりゃ仕方ないなって部長も言ってくれたんじゃ……」

「言ったよ。人命を救ったって言われたら、しょうがないなって言うしかないだろう。だけどさ、もうちょっと何とかならんか？　人助けも結構だけど、遅刻は遅刻だよ。あの日、朝から全体会議があるって知ってただろ？　そんな日に遅刻しなくたっていいじゃない。ああそうですかって、それで通る話じゃないんだ」

「……言わんとするところはわかりますけど」

「そこらへん、何か勘違いしてないか？　学生サークルじゃないんだ。社会人なんだぞ。根本の姿勢がおかしくないか？　そういえばこの前も……」

雅也は深く頭を下げた。部長のいつ終わるともわからない説教が流れていく。今日は何分続くのだろう、とため息をついた。

2

二十分後、ようやく解放された。朝からヘビーな展開だと思いつつ、デスクワークをこなし、一件社内での打ち合わせを済ませると昼になっていた。

財布とスマホだけ持って会社の外に出る。ランチを取るためだ。会社から歩いて数分のところにある手作りが売りのハンバーガーショップへ行った。多くの場合、出先でランチを取るのだが、社内にいた時はここで食べると決めている。

近い割に意外と社員が来ないからだ。他部署はともかくとして、同じ営業の人間と店でばったり出くわしてしまうのは居心地の悪いものだ。この店ならそんなことになる可能性は低い。

異常にドラスティックな競争システムのために、誰も信用できなくなっていた。会社的にメリットがあることはわかっている。誰もが自分の成績を上げるため必死になるから、売上は上がる。給料にプラスアルファが出るのもモチベーションの向上につながる。

だがデメリットもあった。社員たちは情報を共有化することを嫌がり、自分のためにしか働かなくなっている。会社のために、みんなのために、という発想がない。

短期的にはともかく、長期的に見るとむしろマイナスなのではないかと思っているが、まあいいや、とつぶやいた。入社した頃と比べると、やる気はほとんどなくなっている。余計なことは考えたくなかった。

トマトとフレッシュレタスのハンバーガーセットをオーダーし、プラスティックの椅子に座って壁を見つめながら食べた。ヘルシーだという評判は聞いていたし、添加物を一切使っていないと店は謳《うた》っている。体にいいのかもしれないが、あまり美味《おい》しいとは思わなかった。一人であることを強く感じさせる何かが店にあった。

辞めたいなあ、という思いが頭をかすめていく。この数カ月、もしかしたら一年近く同じことを考えていた。

今朝、人事部長に異動願いをスルーされたことも、ひとつの理由だった。部署を異動することはできないのだろう。こんな調子で今の仕事を続けていけるのだろうか。

だが、辞める度胸がないことは誰よりも自分自身がよくわかっていた。トヨカワ自動車は大会社だ。給料もいい。友人たちと比べて数万円は違った。会社の説明によれば、昇給率も他社と比較して格段によかった。知名度も高く、イメージもいい。辞めてもこれ以上条件のいい会社に入れるとは思えない。

静かにしているしかないか、と思いながらフライドポテトを口にほうり込んだ時、目の前に男がやってきた。何だろう、と顔を上げた。

仕切りがあるわけではないが、店の座席は四人掛けのテーブルに分かれている。全部で二十席ほどだ。そして他にいくつも空いているテーブルはあった。なぜここに座るのか。

「どうぞ。コーヒーです」

男が紙コップを差し出した。その顔を見つめる。四十代だろう。四十五までは行ってないだろうが、四十前ということはなさそうだ。

身長は雅也より五センチほど高いようだから百八十センチ前後なのだろう。痩せているように見えるが、上半身の肉のつき方を見ると、鍛えているために引き締まっているのがわかった。

九月になったばかりでまだ残暑が厳しい季節だったが、男は仕立てのいい黒のスーツを着ていた。汗を掻いている様子はない。髪の毛は豊かだ。端正な顔立ちをしている。目元と口元に笑い皺があった。

「コーヒーはお嫌いでしたか？　では紅茶を」

左手に持っていた紙コップを前に出す。コーラが好きなんで、と雅也は言った。

「もう飲んでます……セットでついてくるんでね。何か用ですか？　セールスはお断りです。席は他にも空いている。ここへ座る理由はないでしょう」

そういうことではありません、と男が紅茶の紙コップを口に当ててゆっくりすすった。

「……まさかとは思いますが、もしかしてこっち関係？」雅也は右手の甲を左の頰に当てた。「新手のナンパ？　ぼくは忙しいんです。そっち方面に興味もない。他を当たった方がいいですよ」

「確かにあなたはまあまあのルックスだ。ジュノンボーイにはなれないでしょうが、二丁目辺りを流せばある程度男たちが寄ってくるかもしれない。だが私もそちら側の人間ではありません。こういう者です」

男がワイシャツの胸ポケットに入れていた名刺を一枚取り出し、テーブルに置いた。南青山骨董《こっとう》通り探偵社、社長金城健一《かねしろけんいち》と雅也は声に出して読んだ。

「探偵社？　私立探偵ってことですか？」

「そうです」

「ああ、身上調査ですね？　誰のことを聞きに来たのか知りませんが、話すことはありません。友人を大事にするタイプなんです。二股三股も当たり前だという奴でも、友達は友達だ。モラルに欠ける男をどう考えるかと言われると、それはまあ……」

「今の仕事に不満がありますね？」金城が断定するように言った。「少し調べさせていただきました。情報提供者の名前は言えませんが、あなたが担当しているお客さんの一人が話してくれました」

「誰です？」

「その人物はあなたに好意的でしてね」問いかけを無視して金城が話し続ける。「人柄に好意を持っていると。よくいる何でもありの営業マンではない。自分の会社が提供できるサービスについて、メリットもデメリットも正直に言う、態度がフェアで、私利私欲を感じさせない、若いからスキルや経験不足は否めないが、気持ちのいい男だと」

「……誰がそんなことを？」

「強いやる気は感じないが、嘘をついたり自分を良く見せたりしない、鋭いとは思わないが信用できる、そう言っていました。相対的に見て、誉めていましたね」

「それはありがたい話ですが、そんなことを調べてどうしようと？」

「一度か二度、お茶を飲んだそうですね。この仕事が好きではないと愚痴をこぼしたと言っていました。愚痴を聞く前から、その人物はあなたが今の仕事に満足していないことを察していたそうです」

「そりゃあ……知りませんでした。誰ですか？　教えてくださいよ」

「その人物とは少しつきあいがありましてね」金城が紅茶をひと口飲んだ。「ハンバーガーショップはどこもコーヒーに力を入れたがるが、紅茶については何も考えていませんね……私より十歳ほど上だが、人物眼に優れていることを知っていたこともあり、話を聞いて興味を持ちましてね。その他の人にも何人か聞いて廻った。あなたの能力についてそれほど肯定はしませんでしたが、人柄については皆さん誉めていましたよ」

「あんまり嬉しくないんですけど」

「ひと月ほど調べて、面白い人物だとわかりました。興味を持ちました。もしよろしければ、うちの探偵社で働いてみませんか？」

「何を……いきなり何を言ってるんです？」

「私立探偵になる気はありませんか、ということです」金城が白い歯を見せて笑う。「二十五歳ですね？　若い人材を捜していました。いや、同じ歳の男がうちにもいたんです。才能のある男でしたが、春にお父上が亡くなられましてね。実家の喫茶店を継ぐことになって故郷の秋田に帰りました。仕方ありません。強く慰留するわけにもいかなかった。こういう時代です。いい人材を確保していかなければならない。どうでしょう、うちで働いてみませんか？」

「お断りします」雅也は食い気味に答えた。「私立探偵って、いろんな調査をするんですよね？　テレビで見たことがあります。正直に言いますけど、うさんくさくないですか？ぼくはトヨカワ自動車の社員ですよ。わざわざそんなところで働きたいとは……」

「あなたは探偵のことを何も知らない」

金城が哀れむように言った。そうですけど、と雅也は目を逸《そ》らした。

「知りませんって。普通に生きていて、私立探偵と関係を持つ人間なんてめったにいないでしょ？　聞いたこともない。ぼくの友達で探偵と会ったことのある人間はいませんよ。

探偵を名乗る人とは話したことさえない」

「では、私が初めてということですね。人生、初めての経験というのはよくあることです。今、いくら給料をもらってます？」

「はあ？」

「給料です。月給ですよ。サラリーと言った方が理解しやすい？」

「それぐらいわかります。何で初対面のあなたにいくら給料をもらってるか言わなきゃいけないんですか？」

「諸手当込みで三十万といったところでしょう」金城が雅也の目を覗き込んだ。「トヨカワは超大企業です。給料がいいことでも知られている。ですが、相場というものがある。三十万円はいい線ではありませんか？」

「どうやって調べたんです？」金額は金城の言う通りだった。「見当はつくかもしれませんが……」

「探偵ならば、その四倍稼ぐことが可能です」

金城が断言した。四倍？　と雅也はコーラをもうひと口飲んだ。四倍ということは百万以上になる。どういうことなのか。

「もちろん歩合《ぶあい》です。担当した案件にひとつの結論を出せば、それに応じて金が支払われ

 るとお考えいただきたい。努力次第では今の四倍程度稼ぐことができるという話です」

「そんなうまい話、あるわけない」

「からくりを説明しましょう。騙すつもりはこれっぽっちもない」金城が説明を始めた。

「探偵社というのは大小含めると都内だけでもいくつあるのかわかりません。認可事業ですが、はっきり言って誰でも立ち上げることが可能な仕事です。面白いところですが、この業界にはそれほど横のつながりがない。決まった料金体系なんてないんです。どこの社でも、調査料というのは自分たちの都合で決めている。言い値なんですね」

「はあ」

「例えば、転職に際して企業が身上調査を行う場合がある。転職者の自己申告なんて当てになりませんからね。一流企業と呼ばれるような会社ならかなりの割合でやっていることです。さて、調査はいくらかかると思いますか?」

「そんなの、考えたこともありませんよ。わからないです。だいたい、何日ぐらいかかるものなんです? どこまで調べるわけですか? 前の会社のことはもちろん調べるんでしょうが、学生時代のこととかも?」

「それはオーダーによります。履歴書に記載されていることが事実かどうかを確かめるだけなら、一日二日で終わるでしょう。ですがそれ以上のことを企業が求めてきた場合、それにも応じます。日数もかかるし、人手や手間だって必要になってくる。一日いくら、という目安はありますよ。だがそれは最低価格のようなもので、オプションが増えれば費用はかさむ。資本主義の根本原理ですね。労働に見合った対価を、というわけです」

「はあ」

「仮に二日かかったとしましょう。請求書を書くのは私たちの側です。十万と書いたっていい。百万だっていいんです。要は客が金を支払うに足る満足感を提供できていればそれでいい。二万円でも高いという客もいますよ。百万だって安いものだと思うクライアントもいる。基準がないのだから、そういうことにもなります」

「百万？」

「ざらにある話です。私の会社は企業からの依頼を中心に受けている。総務部、人事部などです。彼らは何を求めているか？　確実な結果です。皆、サラリーマンなんですよ。華々しい成果を上げなくてもいいが、失敗だけはしたくない。そう考えている。転職者を中途半端に調べて、まあいいだろうと入社させて、実は横領の常習者だったら誰の責任になります？　企業情報を盗みにきた北朝鮮のハッカーだったら？」

「そんなことあるわけ……」

「もちろん、そんなことはめったにない。その通りです。だが、ゼロということでもない。

確実な結果を出すためなら、彼らは金を惜しんだりしません。予算はあるんです。使うべきだし、余ったら翌年削られるのは目に見えている。自分の懐《ふところ》が痛むわけでもない。請求書にハンコぐらいいくらでもつきますよ。トヨカワの総務部だって同じことをしているはずだ」

「役所みたいな話ですね」

「おっしゃる通り。日本という国の構造的問題ですね。悪く言ってるんじゃありません。会社が納得するなら、それでいいじゃありませんか。私たちもインチキな調査結果を出すわけじゃない。きちんと調べて、何かあればそれを伝えるし、なければそれも正確に報告する。誰も間違ったことはしていない。誰も損はしない。百万円の調査料というのはおかしな話ではありません。高いと思うなら自分たちでやればいい。難しいことですがね。高いと思うか安いと思うかは客の判断です。私たちは彼らが払える範囲の最高額をいただく。それがいくらなのかを見極めるのが私の主な仕事です」

「そうやって稼いで、ボロ儲けする？」

「ざっくり言えば。しかも探偵というのは元手がいらない。体ひとつでもできます。特殊な能力もいらない。経費がかからない仕事なんです」

「……テレビとかで見たんですが、盗聴器やカメラは？　そういうものはいるんじゃないですか？」

「必要な装備や機材はありますす。だが、大概のものは私の会社に揃っています。私は資本投下を惜しまない経営者でしてね。最新の装備を社員である探偵たちに与えることにしています。結局その方が安くついたりしますからね。正しい使い方をすれば、機械というのは便利なものです。車も用意があります。あなたが準備するべきものはないんです」

「だけど大変なんじゃありませんか？　夜中に張り込みしたりするわけでしょ？」

「そういう場合もあります」金城がうなずいた。「仕事の内容は簡単と言えません。複雑で、困難を伴うケースもある。徹夜だってしなきゃならないし。予定を立てにくい商売ではあります。緊急の依頼もある。ですが、仕事というのは本来そういうものではありませんか？　楽な仕事もあるでしょうが、辛い仕事もある。会社員ならわかるはずだ。世の中はそういうものでしょう？」

「まあ……そうですね」

雅也は耳の後ろを掻いた。仕事が楽しくて、というサラリーマンがいることは知っている。だが、それはごく少数だ。多くの者は嫌な仕事を我慢しながらやっている。給料をもらうというのは、そういうことだろう。

「今、私の会社には私を含めて六人の探偵がいる。外部に協力者がいますが、同僚と呼べるのは六人だけです。あなたが入れば七人目ということになる。面倒な人間関係はありません。基本的に調査は一人で行いますから、ストレスを感じることは少ないでしょう。いくら稼がなければならないというノルマもない。そういう仕事なんです」

「……なるほど」

「あなたは今、仕事に行き詰まっている。つまらないと思っていませんか？　不満は？　嫌な上司はいませんか？　苦痛を感じたりは？　これは人生の先輩として言いますが、嫌な仕事を続けるのは無意味ですよ。うちの社に来る来ないは別として、転職について考えてみた方がいい。今年いっぱい働けばすべてが終わるわけじゃない。会社というのは思っているよりずっと長く続きます。十年、二十年、今の形で働き続けられると？　無責任に仕事を変えるべきだとは思いませんが、あなたはおそらく後四十年働かなければならない。四十年は長いですよ。忍耐はそんなに続きません。仕事というのは人生において重要度が高い。フリーターだニートだと言っても、働かなければ食っていけません。今の職場にずっと勤めることを想像してごらんなさい。耐えられますか？」

金城が紙コップをテーブルに置いて、小さく微笑んだ。詐欺師というのはこんなふうに笑うのだろう、と雅也は感じた。怪しいよなあ、という考えが反射的に浮かぶ。

どういうきっかけで自分のことを知ったのかわからないが、確かに調べてはいるのだろう。数人の人間に聞いて廻ったということか。

面白い人物だと思ったと目の前の金城は言っているが、めちゃくちゃうさんくさいというのが雅也の結論だった。世の中そんなに甘くない。いきなり二十五歳の男が月給百万円の高給取りになれるはずがないのだ。

だが、丸っきり嘘をついているようにも思えない。それが詐欺師のテクニックなのだと言われればそれまでだが、何かが違うような気がした。無理やり自分の会社に引っ張ろうとしているわけではない。

では目的は何なのか。雅也はそれが知りたかった。好奇心旺盛なのは生まれつきの性格だ。

「それはかなりオイシイ額ですが、いつまでも続くわけじゃないでしょう？」探りを入れてみる。「今の会社にいろいろあるのは本当です。だけど、トヨカワですよ。一般的にも知名度があり、信用されている。テレビでコマーシャルを流せる会社は、そんなに多くない。福利厚生含め、待遇はいい。将来的にも安定していると誰もが考えている。十年、二十年とおっしゃるのであれば、あなたの探偵社はそこまで長く続くと？　その保証は？」

「まったくありません」金城が西洋人のように両腕を広げた。「社会保険と交通費は支給します。調査にかかった経費は領収書がある限り落とせます。だが、それ以外には何もない。残業手当も深夜早朝手当も住宅手当も扶養家族手当もない。ゴルフ場の会員権どころか、スポーツジムの優待券もディズニーランドの年間パスポートもない。もちろん箱根に保養所があったりもしない。そういう会社です。十年後のことは私の考える問題ではないと思っています。社員である探偵たちの努力にかかっているでしょう。確実にきちんといい仕事をするとわかれば、黙っていても依頼は来ます。そういう業界なんです。不誠実な仕事をしていたら、あっと言う間に悪評が立ち、来年の今頃は別の仕事を探して街をさ迷っているかもしれない。要は皆の頑張り次第です」

「そんな……馬鹿馬鹿しい」金城の言葉に呆れながら、雅也は吐き捨てた。「トヨカワは大学生の間でも人気の高い就職先ですよ。考えていたのと今の仕事が違うのは確かにそうですけど、状況は変わる。目先の収入アップに釣られて、今のポジションを捨てるなんて考えられませんよ」

「上場企業ですからね。おっしゃりたいことはよくわかりますよ。安定は人生の重要なポイントです。だが、そのために嫌な仕事をいつまでも続けるというのはどうですかね？そんなに我慢の利く性格だとは、大学時代のご友人たちも言っていなかった。もうひとつ言うと、意外な話ですがトヨカワは離職率が高くありませんか？自分から辞めていく者も多いと聞いてますし、不要な者は切り捨てると社長は講演などで常々おっしゃっている。

先々、リストラされないと？　自信がある？」

雅也は腕を組んだ。金城の指摘通り、離職率が高いのは事実だった。主な理由は労働時間が過剰に長いことだ。ブラック企業ではないから、会社が強制しているわけではない。働けば残業代も出る。

ただ、競争原理が行き過ぎていて、そうでもしなければ生き残れないからでもある。ついていけないと思う者は少なくない。そうなれば辞めるしかなかった。

「……仕事の内容って、どんな感じなんですか」

自分でも思っていなかったが、そんな質問が口をついて出て来た。染み入るような笑みを金城が浮かべる。

「基本的には人物に対する調査です。ただ、個々のケースはすべて違うと言ってもいい。ひと言では説明できません。もし良かったらですが、しばらく体験入社してみてはどうでしょう」

「体験入社？」

「もちろん、今の会社で働きながらで結構です。今、聞いた話だけで、じゃあ会社を辞めます、というような人が欲しいわけではない。慎重な態度が必要な仕事でもあります。好きなだけ考えてみればいい。私のことだってすぐには信用できないでしょう。試してみればいい。実際に見て、何をする仕事なのか確かめればいい」

「はあ……」

「仕事にも向き不向きというものがあります。生理的に受け付けないことだってある。合わないと思ったら辞めればいい。引き留めたりはしません。今の会社で残業ができなくなるとか、いろいろあるでしょうが、とりあえずしばらくやってみたらどうです。働いた分の報酬は払いますよ」

「そうですねえ……」

額に手を当てて、考えるふりをした。合わないと思うなら辞めればいい、と金城は言った。ちょっとだけ試してみようかと思った。誘ってきた本当の理由を知りたい。

金城という男に妙な魅力があるのも確かだ。それほど目立つ風貌というわけではないが、大きな黒目が印象的だった。自分より十五歳以上歳は上だろうが、たまに少年のような表情になる。嫌な感じはしなかった。

「探偵ねえ……」

つぶやいて、ぬるくなっていたコーラを飲んだ。そういえば、と思う。中学生の頃、シャーロック・ホームズと怪盗ルパンばかり読んでいた時期があった。多くの子供と同じように憧れたものだ。

「探偵ですか……」

そして何より、今の仕事に煮詰まっていた。嫌だとか辛いとかいうのではない。それなら解決の方法もあるだろう。そうではなく、煮詰まっていたのだ。時間は何とかなる。他にやることもない。報道ステーションを見て寝るだけの暮らしに飽きてもいた。

「……探偵社の場所はどこなんです？」

雅也は聞いた。金城が悠然と微笑む。

「南青山の骨董通りです。最寄り駅は表参道になります」

「……ずいぶん、オシャレな場所にあるんですね」

「アドレスを教えていただけますか？　地図を送ります」

雅也は名刺入れを取り出した。

3

五時半過ぎ、会社を出た。注意されたりはしなかった。残業する者は終電まで働くが、いつ社を出ても誰も何も言わない。そういう会社なのだ。

銀座で乗り換えると表参道までは銀座線で一本だ。乗ってしまえば時間はかからない。

六時には表参道駅に着いていた。

金城と別れて会社に戻ると、自分のパソコンにメールで地図が届いていた。社員にやらせたのだろうが、手回しはよかった。

プリントアウトした地図を片手に、骨董通りに入る。それほど捜す必要もなく、南青山五丁目の交差点から歩いて三分ほどの通り沿いに地図にあったマンションを見つけた。五階建てで、南青山骨董通り探偵社はその五階フロアにあると記されている。建物の外観はそこそこ古く、築二十年以上経っているだろうと思われた。エレベーターで五階のボタンを押すと、意外と速いスピードで動きだした。

フロアに短い廊下があり、その先にスチール製のドアがあった。南青山骨董通り探偵社と書かれた無機質なアルミの小さな看板がかかっている。間違いない、と地図をしまってドアをノックしようとしたが、手が止まった。

中から男の声が聞こえてきた。泣いている。半端な泣き方ではない。号泣という言葉がふさわしいだろう。

そっとノックする。返事はない。ますます泣き声は大きくなっている。腹を空かせた手負いの熊のような咆哮《ほうこう》だ。どうしようかと迷ったが、仕方なくドアを押し開いた。入ったところにデスクがあり、若い女が座っていた。

「井上くん？」

女が大きな目をまばたきさせながら言った。つけまつげが音をたてて動く。

「井上ですけど……」

雅也は答えた。見るからに派手な女で、両肩を剝き出しにしたキャミソールのような服を着ている。メイクもかなり厚塗りで、髪の毛にメッシュが入っていた。苦手なタイプだった。雅也が来ることは知っていたらしい。

「入ってよ」

女が立ち上がった。ガムを嚙んでいる。外国人助っ人かよ、と心の中でツッコんだ。入って入って、と先に立って狭い通路を歩く。右側にあった小部屋から、ジャケットにハットをかぶった五十歳ぐらいの男が出てきて、ゆっくり首を振った。

雅也が小部屋を覗き込むと、ソファに背中を預けた中年の男が座っていた。泣き声が響いている。外で聞いたのはこの男の声だったらしい。

「真由美《まゆみ》ちゃん、何か温かい飲み物を」ハット男が言った。「失敗したかなあ……もっとソフトに伝えるべきだったか？」

「すぐ持ってく」真由美と呼ばれた女が雅也の手を摑んだ。「井上くんはこっち。入って」

隣にあった少し広めの部屋に押し込まれる。フロア全体の間取りがよくわからないが、外から見たのより全体の面積は広いようだった。もしかしたら二つ以上の部屋をぶち抜いて使っているのかもしれない。フロア全体をパーティションで細かく仕切り、使い勝手をよくしていることがわかった。

「座んなよ」真由美が木製の椅子を軽く蹴った。「今、何か持ってくるから。冷たいのでいい？」

「……はあ……あの……」

雅也が首を左右に動かす。ああ、あれ、と真由美が目を僅かに細くした。

「夫。四十。超恋愛結婚。七年目。奥さんは三十五」切れ切れに単語を並べる。「サラリーマンなんだって。サプライズで奥さんの誕生日を祝ってあげようとして、そのための演出に協力してくれって依頼してきた。そういう話、最近多いんだ。フレンチレストラン借り切るから、客を装ってちょっと小芝居してほしいって。トラブルを仲裁する夫を演じてみたかったみたい」

「何で泣いてるんです？」

「どうすれば一番効果的か、奥さんのことを少し調べたの。そしたらアンタ、奥さん浮気してました。しかもダンナの会社の上司とね。そういうことなんですけどどうしましょうって言ったら、あらあら大変なことに」

緊張感のない表情で真由美が説明する。それってちょっとシャレにならないですよね、と雅也は薄い壁の向こうを見た。

「タフでなくっちゃ勤まんないわよ……少々お待ちを」

真由美が出て行った。ふう、とため息をついて辺りを見回す。大きめのテーブルがひとつ、周りに椅子がいくつかあるだけだが、高級家具であることがわかった。

何坪ぐらいなのだろうかと改めて考えた。造りのよくわからない建物で、奥行きがどこまでなのか見当がつかない。南青山骨董通りでこれだけの大きさの部屋を借りるというのは、いくらぐらいかかるのか。相場がわからないので判断できなかったが、安くはないだろう。どういう商売をしているのか。

「やあ。いらっしゃい」

いきなりドアが開き、金城が入ってきた。今日の昼会っていたが、白い麻のセットアップに着替えている。後ろに背の高い筋肉質の男を従えていた。若いが少々髪の毛が薄い。

「場所はわかった？」

二人が雅也の向かいに並んで座る。言葉遣いがフランクなものに変わっていた。今からは上司と部下ということらしい。むしろその方が気が楽だ、とうなずいた。

「ええ、すぐに」

「まあ、こんな感じだ。こちらは立木俊雄《たちきとしお》。三十歳だ。丸二年働いている」

よお、と立木が少し片手を上げる。よろしくお願いします、と雅也も礼を返す。

「いずれは一人で動いてもらうことになるが、最初からというのは無理だろう。しばらくは試用期間だな。立木や他の探偵について学んでほしい。さっそくだが仕事だ」

雅也としてもそのつもりだった。私立探偵という職業が世の中にあるのは知っていたが、何をするのかはさっぱりわからない。とりあえずはアシスタント的に動くしかないだろう。

「よろしくお願いします」

微笑みかけたが、立木は肩をすくめただけだった。鉄を削って作った人形のような顔立ちをしている。後はよろしく、と金城が部屋を出て行った。

「じゃあ行こうか」

バネ仕掛けのような動きで、勢いよく立木が立ち上がった。はあ、とうなずいて後に続く。通路に出たところでアイスコーヒーのグラスを三つ載せたトレイを持っている真由美とすれ違ったが、時間ないんだ、と立木が出口へ向かった。

「話は聞いたよ」エレベーターの狭い箱に二人で乗り込んだ。「トヨカワ自動車だって？忙しいんじゃないの？」

「まあ……ぼちぼちです」

そうか、とだけ言って立木が口を閉じる。エレベーターが一階で止まった。素早く外に出た立木が表参道駅の方向に歩を進める。雅也も黙って従った。

4

表参道から地下鉄に乗り、青山一丁目駅で大江戸線に乗り換えたところで、立木がゆっくりと口を開いた。

「浮気調査なんだ」

「……はあ」

吊り革に摑《つか》まりながら雅也は答えた。うちの仕事の七割以上は浮気か素行の調査だ、と立木が話を続ける。

「夫が依頼してきた。三十歳で、女房は二十七。結婚二年目だ。女房の外出が増えているのに気づいた。本人に聞くと、女友達と会っていると言う。夫は株のトレーダーで、仕事の関係上コンピューターの知識が多少あってね、自分で女房のパソコンや携帯を調べた。男関係はきれいだったそうだ。毎日ラインで話している友達が何人かいるが、全員女性だった。それでも不安で、自分で尾行までした。女房が言っていた通りで、女友達と食事をしていることがわかった。嘘じゃなかったってことだ」

「それならいいじゃないですか」

「尾行したのは数回で、最後まで追えたのは一回だけだった。素人だからそんなものだろう。女房の外出の頻度は週数回のレベルにまで増えていて、帰る時間も遅くなっているそうだ。夫にも仕事があるし、もう自分でどうこうできるような話じゃなくなっている。それでこっちに依頼が来たってわけ」

「はあ」

「それが先週のことだ。今日で丸一週間になる。毎晩張り込んだ。三回外出している。それ自体はそんなにおかしな話じゃない。そういう女もいるだろ？　三回とも女友達と会っていた。食事をしている。かなり贅沢であることは事実で、毎回高級レストランに行っている。だが、それだって本人の自由だろ？」

「そうですね」車両が揺れ、雅也は両手で吊り革にしがみついた。「二十七歳？　ずいぶんお金に余裕があるんですね」

「夫が金持ちなんだよ」立木が足を強く踏ん張る。「若いが、有能なトレーダーでね。歩合が凄いらしい。女房は取引先の会社の社長秘書だった。結婚して仕事は辞めている。暇は暇なんだろう。退屈しのぎに友達と食事をしている。夫は言われるまま小遣いを渡しているそうだ」

「羨ましい」

「おれもそう思うけどさ、優雅な人妻が友達と食事を楽しんでいても、何も問題はない。好きにしてくださいよ。浮気をしている兆候はない。身辺調査もしたが、連絡を取っている男もほとんどいない。身持ちは固いようだ。依頼は十日間で、後三日調べなきゃならんが、どうも何も出てきそうにない。夫の思い過ごしなんじゃないかな」

「それでいいんですか？」

「いいも悪いも、事実なんだからしょうがないだろ？　無理やり浮気の証拠をでっち上げるような話じゃない。おれたちの仕事は依頼人を納得させることだ。浮気しているならしている、していないならしていない。それを説明できれば十分だ。探偵はトラブルメーカーじゃない。ビジネスだけで考えれば、何もない方が楽なんだよ」

降りよう、と言った。六本木駅に着いていた。六時半、ラッシュの時間帯だ。立木はエスカレーターを使わず、階段を素早い足取りで上っていく。

「立木さんは二年働いているんですよね」足を動かしながら雅也が聞いた。「探偵になる前は何を？」

「いろいろだよ。警備会社にもいた。その前はキックボクサーでさ。K－1にも出たことがあるんだぜ」

「前の仕事は……どうして辞めたんです？」

今度話すよ、と立木が段を飛ばして駆け上がった。改札を抜ける。

「ちょっと遅れてる。急ごう」

「はあ……どこへ向かってるんです？」

「ユニバース・ホテルだ」立木が地上出口へ進む。「そういうところへ行くこともある。自由な仕事に見えるかもしれないが、ジャケットは必須だよ」

六本木通りを西麻布方向に進んだ。かなりの早足で、追いつくのがやっとだった。五分ほど歩いて、ユニバース・ホテルに到着する。エントランスで制服を着たドアマンが真面目な顔で頭を下げていた。

「間に合ったかな」立木が時計を見た。「七時から二十階のイタリアンで女友達と食事だと女房は夫に言っている。今までの外出も同じで、女房は毎回どこで誰と会うか夫に話しているし、おれが見ていた限り嘘だったことはない。今回もそうなんだろう。予約を確認したが、梶野《かじの》という名前で二つ席が押さえられていた。梶野っていうのは依頼人の名字だよ。間違いはないだろうが、一応確かめる必要はある」

立木がフロントの前を通ってエレベーターホールに向かった。外資系の超一流ホテルだけあって、そこにもホテルマンが二人いた。一人がボタンを押す。すぐにドアが開いた。

「ラ・トゥーリア」

立木が言った。手を伸ばした男が二十階のボタンに触れる。いってらっしゃいませ、と深く頭を下げたところでドアが閉まった。

「夫に言って出てきてるんだったら、浮気とかじゃないんじゃないですかね」

雅也が言った。おれもそう思う、と立木がうなずく。

「それでも自分の目で確かめなきゃならない。そういう仕事だよ」

それだけの会話をしているうちに、エレベーターが二十階に着いた。箱から出ると、靴底が柔らかい感触に包まれた。落ち着いたやや暗い赤の絨毯《じゅうたん》が敷き詰められている。

立木が右へ進んだ。ラ・トゥーリアというイタリアンレストランの名前には、雅也も聞き覚えがあった。雑誌などにもよく載っている。

「……入るんですか？」

「おれも予約している」立木が笑みを浮かべた。「人気レストランだが、値段が少し高いんだな。空きはあったよ」

店の前に出た。黒服を着た中年男が立っている。予約をしている立木ですがと声をかけると、恭《うやうや》しく頭を下げて数歩近づいた。

「お待ちしておりました。お席の方にご案内致します」

「ちょっと電話がかかってくることになっていましてね」立木がスマホを取り出した。

「席で話すと迷惑になるでしょう。電話の後でお願いします」

おっしゃる通りに、と黒服が元の位置に戻った。少し離れたところに移動して、入り口を見た。

「……もう入ってるかな？」七時ジャスト、と立木がスマホの画面を確認した。「十分待とう。それで来なかったら入って様子を見るしかない」

「高そうな店ですね」

「ディナーは基本的にシェフのお任せで一万五千円だ。一応ミシュランにも載ってる店だしな。多少値が張るのは仕方ない」

「ユニバースですもんね」

そういうこと、とうなずいた立木がスマホのボタンを押し始めた。メールを打っている。誰に送るつもりなのか、目が真剣だった。

雅也はぼんやりラ・トゥーリアの入り口を見つめた。黒服は彫像のように動かない。人が通ることはなく、音も聞こえない。二分で飽きた。探偵には向いてないのかもしれないと思い始めたところで、肩をつつかれた。

「来たぞ」立木が囁く。「あの二人だ。前のロングヘア。梶野望美《のぞみ》」

二人の女が黒服と何か話している。女の顔を見た。二十七歳と言われればそうなのだが、女子大生っぽくも見えた。ギャル上がりなどではなく、高水準の教育を受けていることが何となくわかった。

「かなりの美人ですね」

「ヒヤマ電気の社長秘書だったんだ。ルックスも条件のうちなんじゃないの？」

二人の女が入っていくのを待って、入り口に向かった。どこにいたのか、生まれた時からこの仕事をしていましたという顔の老人が出てきて無言で案内する。おっかなびっくりという足取りで店に入っていった。

用意されていた席は入ってすぐのところにあった二人用のテーブルだった。あまりいい客だとは思われていないらしい、と立木がつぶやいた。

「……二人はどこへ？」

「奥にいる。そっちの席だと見えないだろ？　こっちからも横顔だけだ。それはそれでいい。店にいることがわかれば十分だよ」

ソムリエということなのか、小柄な男がワインリストを持ってやってきた。何か説明しようとしたが、立木の方が早かった。

「ワインはいらない。水をくれ。ミネラルウォーターなんか出すな。水道水でいい。一杯八百円の水なんか飲みたくない」

僅かに鼻に皺を寄せたソムリエが下がっていった。経費は節約しなきゃな、と立木が言った。

「それが正しい探偵というものだろう。重要なポイントだから、覚えておいた方がいい」

「……領収書があれば金は出すと金城さんは言ってましたけど」

「それは建前だ。おれたちはサラリーマンだぞ。常識ってものがある」

馬鹿でかいグランドメニューを抱えたスーツ姿の男が近づいてきた。コースなんか頼むな、と立木が微笑を浮かべる。目は笑っていなかった。

5

結局パスタだけを頼んだ。立木はワタリガニのクリームソース、雅也は夏野菜のペペロンチーノだ。明らかに店員は不愉快そうな表情になっていたが、立木は知らん顔をしていた。

雅也は背を向けているため、梶野望美たちの姿は見えない。立木が様子を教えてくれたが、かなり豪勢な食事を楽しんでいるようだった。

「ワインを頼んだ」立木が小声で言った。「ソムリエが嬉々としてぺらぺら喋ってるところを見ると、そこそこいいワインなんだろう。結構なことだ」

「食べてます？」

「食べてる食べてる。二人とも食欲旺盛だ。よく飲み、よく食べる。もう一人の女もかなりの美形だ。二人ともスタイルはいい。どうやって体型を維持しているのかな。ジムに通ってるのはわかってるが、相当頑張っているんだろう」

もう一人の女性は友達ですか、と雅也が聞く。そうなんだろう、という答えがあった。

「先週会っていた女たちとは違う。先週のは大学時代のサークル仲間だった。ラクロス部にいたんだ」

「大学はどこです？」

「華園《はなぞの》女子だ。勉強ができるかどうかは知らんが、有名なお嬢様学校だからな。育ちもいい。父親は貿易会社の副社長で、母親は弁護士の娘。特権階級だ」

「そして夫は超一流のトレーダー？　恵まれてますね」

「そういう人間もいるさ。ヒヤマ電気に入ったのだって、結婚するための箔《はく》づけみたいなものなんじゃないの？　金と時間があるんだ。おれも生まれ変わったらそうなりたい」

「しかも美人ですからね……もてたんじゃないですか？」

「意外とそうでもなさそうだ。女子大だったから、周りに男はいなかった。合コンとかには興味がなかったらしい。大学時代、交際していた男はいなかったとも聞いてる。ヒヤマに入社してからもそうだったみたいで、男の噂がないのは同僚たちも不思議がっていた。お嬢様ってことなんだろう」

「……あの、コーヒー頼んでもいいですか？」

デザートは駄目だぞ、と立木が手を上げた。素早くウェイターが寄ってくる。コーヒーを二つ、とオーダーした。

「寿退社して、今は専業主婦だ。くどいようだが金はある。友達と飲み食いしたっていいだろ？」

「そうですねえ……居酒屋で飲むかユニバースで飲むかの違いだけで、よくある女子会に見えますけど」

「夫がいろいろ勘ぐりたくなるのもわからんではない。あれだけの美人だからな。とはいえ、男の影は感じられない。渡されたお小遣いの範囲でやっているなら構わないんじゃないか？　何もなさそうだ」

コーヒーが届いた。それから一時間半、二人の女を見張り続けた。前菜から始まるコースをメインまで完食し、二本のワインを空け、デザートもきれいに平らげた二人が席を立ったのは九時過ぎのことだった。

立木は事前に支払いを済ませ、雅也と共に店の外で待っていた。女たちと一緒のエレベーターで下まで降りる。これでいいのかと雅也は不安に思ったが、他にどうしようもなかった。

ホテルを出た二人がドアマンに何か言った。合図と共にタクシーが近づく。すかさず前に出た立木が後ろで客待ちをしていたタクシーに乗り込んだ。雅也も慌てて続く。前の車を追ってくれ、と立木が低い声で命じた。

「麻布署の立木だ。覚醒剤の密売人を追っている」

はい、と緊張した声で運転手がアクセルを踏み込む。タクシーが走りだした。

「もう帰るのかな。いつもより早いが」

立木が雅也にだけ聞こえるように囁く。どういう意味です？　と聞き返した。

「梶野望美は一軒のレストランに長居する。その代わり、二軒目には行かない。先週は三回ともそうだった。やたらのんびり飲んだり食ったりする。こう言っちゃ何だが、だらだらするのが好きらしい。十時十一時は当たり前で、店が営業してる限り居続ける」

「女の人ってそうじゃないですか。何であんなにずるずる……」

言わなくていい、と立木が雅也の肩を軽く叩いた。タクシーが赤信号を承知で交差点に突っ込む。警察の人間だという立木のセリフが利いているらしい。警察手帳を提示したわけではないが、ハッタリを信じたようだ。

「まあ、女ってのはそうだ。さっさと帰れよって思うよな。言うな、わかってる。そういう女は多い……でも、ちょっと早くないか？　まだ九時過ぎだぜ」

「たまには二次会でカラオケとか？　そういう日もあるでしょう」

「六本木だぞ。ちょっと歩けばカラオケ屋は腐るほどある」

「行きつけとかあるんですよ。金持ちなんですよね？　ボックスなんかじゃなくて、高級な店に行くんじゃないですか？」

「かもしれないが……どこへ向かってるんだろう」

二十分ほど走った。青山を抜け、新宿方面へ進んでいる。似合わないなあと立木がつぶやいているうちに、新大久保付近に入った。コリアンタウンを大勢の女が歩いている。

「国辱ものの風景だ。韓流《ハンりゅう》のどこがいい」立木が唇をすぼめた。「日本人にはないものがあるって、お前らが韓国人の何を知ってるっていうんだ？」

何か個人的な恨みがあるらしい。放っておいて雅也は前方を見た。ハザードをつけたタクシーが職安通りで停まっている。女が降りてきた。

「お前も降りろ」

「立木さんは？」

「領収書をもらうまでは死んでも降りない」

先に車から出る。車体の後ろ側に廻って、前を見た。立木さん、と囁《ささや》く。

「何だ？」

「急いでください。二人が……先に行きますよ」

女たちが最初の角を左に折れて、路地に入っていく。よくわからないまま後を追った。なぜか気分が高揚していた。

角で止まる。首だけ伸ばして路地の奥を見た。すれ違った三人の中年女が視線を向けてくる。不審者だと思っているのがわかったが、気にしてはいられない。

「……どうだ？」

背中に立木の体がかぶさってきた。どこから取り出したのか、小型のカメラを構えている。重いです、と言いながら目だけで二人を捜した。路地は狭く、暗かった。よく見えない。

「……手を……握ってる？」

立木がつぶやいた。言う通りで、二人は腕を絡め、手を握りあっていた。女子ですねえ、と鼻をこすった雅也を上からはたく。

「女の子が手をつないで歩くのはよく見る光景だ。仲がよければそんなこともするさ。だが……」

立木が先に立って後をつける。三十メートルほどの距離を保った。しばらく歩いた路地のどん詰まりにあるアジアンテイストの建物に二人が入っていったのを確認して立ち止まる。

「……プロメテウス・ハウス？」

小さな看板があった。雅也も目を向ける。デザイン化されたピンクの文字で、そう書かれていた。しばらく男二人で先を譲り合ったが、結局立木が正面入り口へ向かった。バリ島にありそうだな、とつぶやく。南洋系の植物が建物の周囲に植えられていた。

エントランスのスイングドアを押して中に入った。目の前に部屋の写真がある。番号がそれぞれについていた。

「……ホテル」

ですか？と雅也は首を傾《かし》げた。ただのホテルじゃない、と立木が数歩進んだ。小さな窓があり、中年の女がうつむいた姿勢で座っているのが見えた。

「あの……」

立木が声をかけた。中年女が顔を上げて、小窓を開く。

「ごめんなさいね」いきなり言った。「うち、違うのよ」

「違う？」

「駄目なの。時々、お客さんみたいなカップルが来るんだけど……場所を勘違いしてる。ここはゲイお断りなの」

「ゲイ？」

「女性のためのホテルなの」中年女が嚙んで含めるように説明した。「誤解しないでね。差別してるんじゃないの。マイノリティとしての立場はわかってる。だけど女性のための施設だから、男の人が来るとトラブルの元になるし……」

「トラブル？」

「出て五十メートルぐらい行ったところを左に曲がってちょうだい。サウナがあるわ。その右がエデンズガーデン。あなたたちが行くのはそこよ。心配いらないわ。みんな仲間よ。歓迎してくれる」

立木が手を伸ばして、雅也の肩を抱いた。

「どうやら場所を間違ったようです。そっちへ行ってみます」

「ラブアンドピース」

中年女がVサインを出して、窓を閉めた。止めてください、と雅也は二歩飛び下がった。表に出て、建物を見上げる。要するにラブホテルだ、と立木が取り出したマルボロをくわえた。

「ただし女性専用らしい。あるとは聞いていたが、こんなにオシャレな外観だとは知らなかった」

「……つまり？」

「梶野望美は浮気をしている。ただ相手は男じゃない。女だ」

それは浮気になるんでしょうか、と雅也は聞いた。初めてのケースなので何とも言えない、と立木がマルボロに火をつけ、夜に向かって煙を吐いた。

Part2

1

南青山に戻ると、十時を過ぎていた。探偵社に入ると、入り口のデスクに真由美がいた。どうだった？　と目を輝かせながら聞いてくる。後で話す、と言って立木が奥へ進んだ。

廊下の端のドアを開くと、広い部屋があった。リビングルームを改造したようだ、と雅也は思った。大きめのテーブルがあり、パソコンが数台置かれている。座っていた男と女が顔を上げて見つめた。

「井上雅也くん、二十五歳」後ろから入ってきた真由美が雅也の肩を押した。「トヨカワ自動車の営業マンなんだって。彼女いない歴何年？」

雅也が答えないでいると、座ったらどうかね、と男の方が言った。ハットをかぶっていたが、礼儀ということなのか外してテーブルに置く。髪はほとんどなく、改めて見ると初老のようだった。はあ、とうなずいて腰を降ろす。聞いてるよ、と男が手を伸ばしてきた。

「徳吉《とくよし》っていうんだ。一応、ここの社員の中では最年長ってことになる。五十三だけどな」

握手、と言った。よくわからないまま手を握る。力が強かった。

「徳さんは刑事だったんだ」テーブルに直接尻を載せた立木が言った。「マル暴だよ。今でいうと組織犯罪対策課でしたっけ？　怒らせるなよ。怖いからな」

「そんなことはない。今じゃ平和ボケのジイさんだよ」

「こっちは美紀《みき》ちゃん。末広《すえひろ》美紀」立木がもう一人の女を指さした。「現役の女子プロレスラー」

首を傾げながら雅也は女を見た。女子プロレスラーというが、それほど大柄ではない。ショートにした髪の毛を濃い金色に染めているところがプロレスラーっぽいと言えばそうなのかもしれないが、それ以外はどこにでもいる普通の女の子にしか見えなかった。むしろおとなしそうだ。

「井上です。よろしくお願いします」

頭を下げたが、美紀はうつむくばかりだった。すまんな、と立木が頭を掻いた。

「福島から上京してきて二年目なんだ。方言が恥ずかしいらしくて、めったなことじゃ喋らない。どういうわけか社長にだけはぺらぺら喋るんだがね」

「本当に……女子プロレスラーなんですか？」

「仙台の何とかいう団体に入ってたんだよな？　そこはすぐ辞めたらしい。東京へ出てきて、ピンクアイスっていう団体に所属した。知ってるかい？」

「すいません……全然わかんないです」

「小さい団体らしい。この春で二年経った？　プロレスラーとしては新人だ。デビュー戦はいつだったっけ？」

「……四月」

美紀が低い声で答えた。単語しか話せないのか、また黙り込む。もともとはアイドルになりたかったそうだ、と徳吉が言った。

「どこでどうつながって女子プロレスラーなのかはこっちもよくわからない。説明してくれなくてね」

「それはいいんですけど……彼女も私立探偵？」

「アルバイト契約だけどね。女子プロの世界も大変らしい。プロレスだけで食っていけるのは数人じゃないのか？　ほとんどがバイトで生計を立てている。探偵もバイトのひとつなんだろう。金城社長が引っ張ってきたんでね。詳しいことはよくわからない」

「あたしと美紀ちゃんはバイトなの」真由美がにっこり笑った。「井上くんもそういうことになるんだよね？　兼業なんでしょ？」

「あなたは……何の仕事をしてるんですか？」

「キャバクラ」やだあ、と真由美が雅也の肩を思いきり強く叩く。「一応、店じゃナンバーツーなんですけど」

「何歳？」

「二十四」

「年下じゃないか」雅也は叩かれた肩を手で払った。「こんなこと言いたくないけど、ぼくは二十五歳だ。ひとつ上になる」

「知ってる」

「知ってるじゃないだろう。年上にはそれなりの言葉遣いってものが……」

「ウソでしょ。オジサン？　うわ、ゼッタイそんなこと言わない方がいいよ。お店の子、全員敵に回すことになるって」

「お店って何だ？　ぼくはそういう店に行かない。キャバ嬢の味方なんていらない。敵に回そうが何だろうが……」

いきなりドアが開いた。金城が入ってくる。

「社長ぉ、何とか言ってやってくださいよ。こいつ、ちょっとカンチガイしてるんですけど。マジでこんな奴雇うんですかぁ？」

「他はどうでもいいが、社長ぉ、の小さなぉは止めてくれないか。私は君の店の客じゃない。何度も言ってる」

金城が奥の席に座った。いつでも来てって言ってるじゃないですかぁ、と真由美が猫のように体をくねらせる。

「社長だったらもてますよぉ。渋いし、背もあるし。ナンバーワンのアスカちゃん、紹介しますよ。マジで男いないし。今がチャンスかも」

「どうだった？」相手にせず、金城が立木を見た。「浮気なのか？」

「まあ……そういうことになるんでしょう」歯切れ悪く立木が答える。「ラブホテルに入って行くのを確認しました。動画、写真、両方で撮影してます。ただ、相手っていうのが……女性なんです」

「男も女も関係ない。差別したことは一度もないぞ。それは立派な浮気だ」

「はあ……」

「書面で報告してくれ。証拠を添付のこと。微妙なケースだから私も立ち会う。依頼者に対しては慎重な態度で臨んでくれ」

わかりました、と立木がうなずいた。テンポのいいやり取りだった。

「井上くんのことは？　紹介は済んだ？」

金城が左右を見る。何となく、と全員がうなずいた。もう一人いるが、今日は別の仕事で出ていてね、と金城が長い足を組んだ。

「すぐに会うことになる。総務と経理も担当しているから、交通費などについて相談を……客だ。遅かったな」

チャイムの音に顔を上げる。はーい、と返事した真由美が部屋を出て行った。誰か来たのか、と雅也は時計を見た。十時半を回っている。こんな時間にも依頼者は来るのだろうか。

真由美の案内で、黒いパンツスーツ姿の女が入ってきた。背はそれほど高くないが、引き締まった体をしている。意志の強さが表情に現れていた。三十過ぎだろうか、と雅也は思った。二十代に見えないこともないのは、ボーイッシュなヘアスタイルのせいかもしれない。

「これはこれは田代《たしろ》刑事」徳吉が立ち上がって金城の隣の席を譲った。「遅くまでご苦労様です」

刑事と聞いて、雅也は驚いた。バランスのとれた小さな顔は十分に美人と言っていい。

とても刑事には見えなかった。

「お座りください……三十分遅れですね」

金城に勧められて、椅子に座る。轢き逃げがあって、と薄い唇が動いた。

「ただの事故じゃなくて、運転者が大麻を所持していて……それで遅くなりました。すいません」

「いや、構いません。十時を過ぎると深夜料金が発生しますがね。井上くん、こちら田代千賀子《ちかこ》巡査。南青山署の刑事さんだ。田代さん、彼は新人の井上くん。今後いろいろ世話になるかと思いますが、よろしくお願いしますよ」

どうも、と頭を下げながら千賀子の顔を見た。色が白く、細い目が少し吊り上がっている。メイクが薄いためもあって、中国人を思わせる顔立ちだった。

「よろしく……金城さん、その後どうでしょうか。何かわかったことは？」

気ぜわしく言った。まずはお茶でもいかがですか、と金城が微笑む。無言で美紀が部屋を出て行った。

「みんなも座ってくれ……現役の刑事さんの依頼だ。総力を挙げて調査をしなければならない。井上くんは当然だが、詳しい状況を把握していない者もいるだろう。整理して話す」

2

金城が立ち上がって、壁際に置かれていたホワイトボードに〝青山栄川《さかえがわ》〟とペンで書いた。

「知っていると思うが、有名な名門私立校だ。小学校から高校までの一貫教育は高い水準を誇っている。そこの中等部に水沢瞳《みずさわひとみ》という三年生の少女がいる。この女の子が複数の男性と淫らな関係を持っている上、同じ青山栄川の小学校の児童を相手に性的ないたずらを繰り返しているという告発メールが南青山署に届いた。約一カ月前のことだ」

「メールそのものをお見せすることはできません。証拠物件ですので」千賀子がうなずく。

「ですが内容は今お話があった通り、水沢瞳という生徒が三年A組にいることは確認済みです。ただ、それ以上詳しい事情を調べるのがちょっと難しくて……」

「メールはフリーメールで、アドレスやパソコンから送信者を割り出すことはできなかったそうだ」金城が宙にバツを描く。「告発していることはもっともらしいが、事実かどうかはわからない。匿名でメールを送り付けて、水沢瞳というその子の名誉を傷つけようという卑劣な意図があったのかもしれない。調べるといってもなかなか難しい。中学生だからね。学校や親に事情を聞くわけにもいかない。もし告発が嘘だったら、女の子がどれだけ傷つくかわからん」

「中学生なら、下手《へた》に動けませんな」徳吉が眉をひそめた。「事実だとしたら問題でしょうし、対応を誤れば関係者やマスコミが騒ぐでしょう。迂闊なことはできないというのはわかりますよ」

「メールの内容がでたらめだったら、調べた警察が訴えられる可能性もあるというのが上の判断です」千賀子が言った。「厄介な話です」

「このケースは難しい」金城がホワイトボードに、十五歳、と書いた。「告発が真実だったとしよう。複数の男性と関係があるという。その場合、水沢瞳にも問題は発生するが、相手の男の責任も問われる。中学三年生、十五歳との性行為は都の条例で淫行と規定されている。犯罪になるわけだが、立証するのは困難だ。間違いは許されない。小学生へのいたずらは更にそうで、もし女の子が何かしているなら子供たちを保護しなければならないが、被害者を特定することで新たな問題が生じるかもしれない。怪しいからとりあえず引っ張れという話じゃないんだ」

「警察はどこまで調べているんです？」

徳吉が質問した。あまり深くまではできませんでした、と千賀子が答えた。

「告発メールそのものについてはかなり突っ込んで調べましたが、結局何もわかっていません。学校関係者には間接的に話を聞きましたが、水沢瞳という生徒が成績優秀者であること、生活態度に乱れがないことなどがわかったぐらいで、後は……署の刑事が直接彼女に会うのは、上の判断でストップがかかっています。わたしも含め、本人とは会っていないんです。学校側から強い要請があり、生徒に話を聞くのは止めてほしいと……学校には告発メールのことには触れずに話を聞いていますので、どうしても通り一遍といいますか……何も疑わしいことはない、という回答が学校側から上がっています」

「南青山署は静観するという方針を決めたそうだ」金城が話を引き取った。「名門中学、十五歳、淫行、その他触れにくいワードが並んでいる。私だって同じ判断を下したと思う。何しろ青山栄川だ。一種の聖域だからな。校内を関係ない人間がうろつくわけにもいかないというのは無理ないだろう」

美紀が戻ってきて、探偵たちの前に紙コップを置いていく。中身はそれぞれ違うようだ。雅也の紙コップにはコーヒーが入っていた。無難な選択ということなのだろう。

「だが、我らが友、田代刑事は署の判断に不満がある。間違っていると考えた。そうですね？」

金城が紙コップに口をつけてひと口飲んだ。そうです、と千賀子が額に指を当てた。

「告発メールの内容が嘘だとした場合、メールの送信者を捜す必要があるでしょう。十五歳の少女にいわれのない不名誉を負わせようとしたその行為は許されるべきではありません。それは今も調べています。続けることになっていますが、問題なのは内容が事実だった場合です。水沢瞳という少女の行為を止める義務が警察にはあります」

「淫行条例に違反しているから？　男性との不適切な関係について、本人が好きでやっていたとしても許されない？」

徳吉が顎を撫でながら聞く。道義的な問題です、と千賀子が答えた。

「中学三年生です。許されることでは……病気や妊娠のことも考えられます。本人が望んではいないかもしれない。メールには複数の男性と関係を持っているとありました。暴力や犯罪に巻き込まれることもあり得ます。放置しておけるものではありません。小学生を相手に性的ないたずらをしているというのなら、それはすぐにでも止めるべきでしょう。小学生の精神的外傷のことを考えれば、一生残る傷になるかもしれない。とても危険です」

「その子をセッキョーしたら？　最悪、退学させちゃえばいいじゃん」

真由美が何かを奥歯で嚙んでいる。甘い香りが漂ってきて、バニラの莢《さや》か何かではないかと雅也は思った。

「状況を悪くするかもしれない。不適切な関係を更に多くの男性と持つようになったら？　小学生へのいたずらを繰り返したら？　退学させれば学校はそれでいいかもしれないが、問題は解決されないままだ」

金城が言った。学校も良しとはしないでしょうな、と徳吉が首を振った。

「告発メールの内容を知っても、学内にそんな生徒がいたと認めるわけにはいかないんでしょう。ですが、どこかで漏れたら他の生徒も動揺する。学校の名誉にも関わってくる話でもある。学校の中で解決したいということになるんじゃないですか？」

「しかも、告発メールが事実かどうかはまだわかっていない」金城が肩をすくめる。「見込みで捜査はできないだろう。警察が動きにくいケースなのは確かだ」

「そうなんです……だから成り行きを見守ることに……署は動きません」千賀子が言った。

「でも、本当のことを知る必要があります。事実に応じて対処しなければならない。わたしはそれこそが警察の仕事だと考えていますが……」

「田代刑事は三回上と話したそうだ。だが、答えは同じだった。もう少し様子を見よう。

そういうことだった」金城が千賀子を見た。「強く言い過ぎたということなのか、田代刑事は個人的に動くことを禁じられた。警察は役所だからね、勝手なことをされても困るというのはよくわかる。組織というのはそういうものだろう」

「それでうちへ来た？　調査の依頼に？」

徳吉の問いに、そうです、と千賀子が答えた。

「個人的には動けません。厳重に注意されました。どうしようもありません。金城社長のことは前に……ちょっといろいろあって知ってました」

あの時はどうも、と金城が微笑んだ。いえ、と千賀子が首を振る。

「警察は私立探偵などが嫌いです。弁護士ほどではないですが、相手にしたくないと考えています。利害が反する間柄です。ただ金城さんについて、わたしはそう思っていません。お互いの利益を考え、共存できるところがあるという発想をする人だと……少なくとも、信用できるところがある方だと……」

「信頼に応えるつもりはあります」金城が一礼した。「いい関係を構築したい」

「警察官が学校の捜査をするのは、実際問題として本当に難しいんです。学校はどこでも自治の精神があり、警察の介入を嫌います。どうにもなりません。ですが、私立探偵なら可能ではないか。そう考えて、個人の立場で依頼しようと思いました。刑事ではなく、個人の田代千賀子として調査をお願いしたいと……公務員である警察官は上の命令には従わざるを得ません。ですが、私立探偵なら学校の生徒に直接話を聞くこともできるのでは？」

「その使い分けが許されるかどうかは別として、私としては歓迎します。個人でとおっしゃったが、あなたは刑事だ。現役の所轄刑事とコネを作ることは重要でしてね。最初に言いましたが、費用については気にしなくて結構です。必要経費と少しだけプラスアルファをいただければ十分だ」金城がわかりやすく両手をこすり合わせた。「そういうわけで、先週依頼があった。立木くんに動いてもらっている。どうだった？」

調べました、と立木が顔を上げた。担当を命じられた時、ある程度詳しい情報は与えられていたようだった。

「メールについては社長や田代刑事がおっしゃった通りです。南青山署が調査を行っており、こちらでも調べましたが、結局何もわかりませんでした。匿名でしたし、フリーメールのアドレスから送られてきている。使用したパソコンも不明。それ以上は何も……」

「水沢瞳という女子生徒のことはわかったが、他に人名は？　関係している男たちとか、小学生が誰なのかはわかったかね？」

徳吉の質問に、わかりません、と立木が首を振る。メールの内容が事実であることを示す証拠はないと言った。

「青山栄川について、聞いたことはあるよね？　小中高一貫教育の名門校だ。東大や医大に進む者が多いということは？」

「知ってます」雅也はおそるおそる口を開いた。「独特の教育メソッドがあるとか、そんなことを週刊誌で読んだ覚えがあります。先生が本を出したりしてませんか？　進学塾の講師を兼ねている人も……」

「そうだな。ダンスや武道を十年以上前にカリキュラムに組み込んだりしている」立木が言った。「全学共学で、中学校は全員で二百人。男女は半々だ。一学年二クラスで、少数精鋭ってことなんだろうな」

「教師の数が多いという特徴がある」金城が補足した。「校長を含め、二十人いる。その他科目によってだが、専任の講師を雇っている。それが十人ほどだ。二百人の生徒に対して三十人の教師がいるというのは、なかなかなものだ」

「いい学校ですよ。校内暴力はもちろん、不良化した生徒もいない。さすがに落ちこぼれ的生徒はいるようですが」立木の頰に苦笑が浮かんだ。「部活動も盛んで、運動部、文化部、合わせて三十以上のクラブがあるそうです。文武両道なんですね。親からも強い支持を得ています」

「学校のことはわかっています。水沢瞳という生徒のことは調べてもらえましたか？」

千賀子が顔をしかめる。もちろんです、と立木がメモを取り出した。

「水沢瞳、十五歳、三年A組。父親は弁護士で、母親はフラワーアレンジメント講師です。生徒に聞き込みをしましたが、女友達は少ないようですね。男子生徒からの人気は高いようですが」

なかなか可愛いですよ、と付け加える。そんなんだったらAKBにでも入ればいいのに、と真由美がつぶやいた。

「成績は優秀で、部活は華道部」無視して立木が報告を続ける。「青山栄川は部活への参加を勧めているそうですが、水沢瞳はほとんど顔を出さないようです。それはそれで許されるようですね。授業が終わるとさっさと学校を出ていきます。尾行しましたが、男と会ってますね。かなり年上の男とデートをしていました。一週間で四人と会っている。全員違う相手です」

「十五歳でね……相手はどんな男だい？」

徳吉が聞く。服装や様子から大学生とかサラリーマンだと思われます、と立木が答えた。

「どうやって知り合ったのかは不明です。そのうち二人とは、食事をしてから男の家に行っている。部屋で何をしているかですが、そこまではちょっと……ですが、告発メールもまんざら嘘というわけではなさそうです。まあ、それなりのことをしているんでしょう。両親は仕事で夜遅くまで帰ってこない。彼女はそれまでに戻るようにしています。その辺は賢いというか、見事なものだと感心しますね。親は娘が何をしてるかわかってないんじゃないですか？」

「小学生の件は？」

千賀子が尋ねた。それも調べましたが、と立木がまばたきをする。

「そっちは何も出てきていません。青山栄川には付属の小学校があるんですが、もちろん校舎は別です。彼女がそこに近寄っているという事実はありません。子供に妙なことをするとは思えませんね。ちょっと考えにくいです」

「告発メールがすべて正しいとは言えないが……」金城が唇をすぼめた。「栄川の小学生以外の子供を対象にしているのかもしれない。もう少し調べてもいいんじゃないか？」

「そうしますかね……聞き込みをしていたら、同じクラスの女子と接触することができました。南原《なんばら》沙織《さおり》という子で、彼女からいろいろ話を聞けました」立木がメモをめくった。

「一年生の時からクラスが一緒で、その頃は親しかったそうです。中二の夏休み明けに、がらりと性格が変わったと感じたと。それまでは同じグループに属していたんですが、そこから抜けて一人で遊ぶようになった。男子も女子も相手にせず、話すこともなくなった。

青山栄川では、七、八人の班を作って、班単位で行動することが多いそうですが、それにもほとんど加わらない。かといって、不良になったわけでもない。服装や生活態度に乱れはないそうです。学校をさぼったりすることもありません」

「成績優秀、品行方正、ただし友達はいない。学校の外で男たちと会っている。そういうことか」

「そうです。おれには何とも言えませんが、多少問題があるということになるんですかね。複数の男性と会っているのは間違いないし、深い関係を持っている者もいるようです。ただ、それは学校や親が対処すべきことなんじゃないですか？　十五歳だって女ですからね。恋愛は自由でしょう。十五歳にはあるまじきことだって言うのもどうですかね……少なくとも、警察が動くような話じゃないのでは？」

「一週間調査した結果がこれです、田代刑事」

金城が言った。既に報告は受けていたようだった。

「いろいろあるようだが、生活が乱れているというわけではないようです。飲酒、喫煙はもちろんだが、犯罪に関係するようなことは何もしていない。小学生への性的いたずらというのは、かなり高い確率でガセなんでしょう。十五歳の少女が十歳前後年上の男性と交際しているのはよろしくないと言うかもしれないが、そこに警察が出ていくというのもどうでしょうね。とりあえず静観するという南青山署の方針は、それなりに正しいと思いますが」

「おっしゃっていることはわかります。警察が介入するような事態にはなっていないみたいですね」千賀子がため息をついた。「ですが……どうしても気になります。男性問題は置いておくとして、小学生に何かしていればやはりそれは問題でしょう。念のためというわけではありませんが、もう少しだけ調査を続けていただけないでしょうか」

金城が周りを見渡す。誰も何も言わない。いいでしょう、とうなずいた。

「私のこの会社は南青山署の管轄《かんかつ》内にある。そこの刑事さんとは親密な関係を持っていい。調査を続けましょう」

お願いします、と千賀子が立ち上がる。真由美がドアを開け、そのまま送っていった。

「さて、井上くん」ほお杖をついた金城が目だけを雅也に向けた。「聞いた通りだ。明日から手伝ってほしい。明日も会社だね？　よろしい、動ける時間になったらこの番号に電話して、指示に従ってくれ」

付箋《ふせん》に090から始まる番号を書いて、雅也に渡す。わかりました、とうなずいた。

「でも……誰なんです？」

「もう一人の探偵だ。朝比奈玲子《あさひなれいこ》という女性だよ。ついでに精算のやり方などを教わるといい。彼女は経理担当でもある」それでは他の報告も聞こう、と体を起こした。「十一時だ。疲れたか？　今日は帰っていい。また明日会おう」

帰れる時は帰った方がいいぞ、と立木が囁いた。わかりました、と席を立つ。ちょっと疲れているのは本当だった。わかったようでわからない展開だったとつぶやきながらマンションを出た。静かな夜だった。

3

翌日五時半、仕事を終わらせた雅也はさっさと会社を出た。正面入り口から昨日金城に教わった番号に電話する。ワンコールで相手が出た。井上と申しますがと言うと、銀座のパトリオット・ホテルにいます、と落ち着いた女の声がした。

「場所はわかる？　帝劇の向かいの……」

「行ったことあります」雅也は答えた。「ちょっと古城みたいな、でかいホテルですよね？」

「ロビーにいるから。なるべく早く来て」

電話が切れる。ビジネスライクだなあと思いながら歩き出した。パトリオット・ホテルには一度行ったことがあった。取引先の会社の人間と打ち合わせでお茶を飲んだのだが、コーヒー一杯二千円という金額に驚いたことを覚えている。

銀座で降りて五分ほど歩くとパトリオット・ホテルの特徴的な外観が現れた。外資系の巨大ホテルチェーンで、日本には初進出と聞いているし、若い女性などが殺到しているという知識もあったが、赤と黒を基調としたヨーロッパの古城のようなデザインに違和感を覚えた。人気も長くは続かないのではないか。

ロビーに入って辺りを見回していると、肩を叩かれた。振り向くと、背の高いスレンダーな女が立っていた。モデルのようだと思った。三十歳ぐらいなのだろう。眼鏡をかけていて、機能的な黒のパンツスーツを着ている。医者や教師にこんな女がいる、と思いながら、井上ですと名乗った。

「朝比奈といいます。ついてきて」

フロアをローヒールで歩く足音が響いた。階段へ回り、地下へ降りていく。

「ぼくのこと、わかりました？」

「雰囲気でね。もう少しいいスーツを着なさい。あなたみたいな若い男が一人でいるのは、ホテルの格にそぐわない……こっちへ」

フロントライン、という小さなプレートのかかっているドアの前に出た。押し開いて中に入る。バーだった。

「いらっしゃいませ」

濃いグレーの背広を着た中年男が現れた。ホテルマンというのは顔で採るのだろうか、と雅也は思った。昔の邦画に出てくる俳優のような品のある顔立ちをしている。

「こちらへ……お客様？」

「あそこの席は駄目かしら？」玲子が奥まった席を指さした。「ちょっと事情があって……」

男が小さくうなずく。何か察したということなのか、雅也たちを案内して奥へと進んだ。

「どうぞ、こちらへ……もしよろしければ、奥に個室がございますが？」

「いえ、結構です。ここでいいの。コーヒーを二つお願いできます？　お酒の気分じゃなくて」

承りました、と言って男が去っていった。不倫に見えるのね、と玲子が微笑む。

「年下の男を捕まえた人妻ってところかな。そんな風に見られるのは嫌？」

「いえ、そんなことは……」気圧《けお》されながら、雅也は首を振った。「全然、その……」

「冗談よ。ゆっくり振り返って。右斜め後ろ」

玲子が言った。言葉通り後ろを向く。男と女がいた。

男は見るからに高級そうなジャケットを着ていた。髪の毛は豊かだが、少し白髪が交じっている。五十歳ぐらいかもしれない。ゆったりとした笑顔で、何か話していた。

女は若かった。高校生か大学生か。男の娘ということなのか。それにしては過度に馴れ馴れしい。話しながら、男が時々女の腕に触れている。

「水沢瞳」玲子が低い声で言った。「話は聞いてるでしょ？」

はい、とうなずきながら、驚きを隠せなかった。十五歳、中学三年生と聞いている。とてもそうは見えなかった。大柄なわけではない。むしろ身長は低い方だろう。百五十センチないかもしれなかった。

私服だ。長袖のオリーブグリーンのサマーカーディガンを白いブラウスの上から羽織っている。下は少し長めの上品なスカートで、薄い茶色のパンプスを履いていた。

発育がいいというわけでもなく、言われてみれば十五歳ということなのかもしれなかったが、そうは見えない。三歳以上上か、もっと言えば二十歳前後に見えた。独特の存在感がある。中学生とはとても思えなかった。一流ホテルのバーにいても、堂々としている。テーブルのキャンドルに照らされたその横顔は、成熟した女性のそれだった。

「ああいう子は時々いる」運ばれてきたコーヒーに口をつけながら玲子が囁いた。「生まれた時から女なの。十五歳だってもちろん女だし、女として生きていく術を心得ている。

どうすれば男を魅了できるか、生まれつき知っている」

「……男を魅了できるか？　男好きがするってことですか？」

自然なふりを装うために、雅也はメニューを開いた。ブレンドコーヒーは二千二百円と記されている。いつ来たか覚えていないが、一年は経っていないはずだ。もう値上がりしたということなのか。

「本人にそのつもりはなくても、男たちが放っておかない。生まれつき持っている資質なのね。自分ではどうすることもできない」

「……はあ」

男が熱心に話しかけている。瞳は黙って聞いているだけだ。相槌を打つわけでも、笑うわけでもないが、男は更に身振りまで加えて喋り続けている。

「ものすごくきれいってわけじゃない。色っぽいというのも少し違う。だけど近づいてくる者は後を絶たない。断らないということはあるかもしれない。断り方がよくわからないのよ。そりゃ男関係は広がるわ。反比例的に女友達は少なくなる。幸せなのか不幸なのかはわからない」

「結構言い切っちゃうんですね」直視することがなぜか憚《はばか》られて、雅也は視線を外した。

「何でそんなことがわかるんです？」

「わたしがそうだったから」

玲子が薄く笑った。はあ、とうなずいた雅也の喉がからんで、変な音をたてる。

「三十歳を超えた頃、自分の人生を振り返る。いろんなことを考える。本人が幸せなら、それでいいのだけど」

「朝比奈さんは？　幸せだったんですか？」

「そうでもなかった」玲子が笑みを消した。「今は違うけど」

「……どういう意味ですか？」

待って、と玲子が手で制した。男が立ち上がり、伝票を持ってレジに向かう。領収書をもらっている、とつぶやいた。

二人がバーを出て行く。雅也は中腰になった玲子の後ろで様子を見守った。待ってて、と指示した玲子が二人の後を追う。マジすか、とつぶやきながらバーの入り口を見続けた。

数分後、玲子が戻ってきた。

「どこへ？」

「部屋」静かに座って、冷めたコーヒーを飲んだ。「十二階よ。エレベーターの中で手をつないでいた。わたしがいなかったら、それ以上のことをしていたかもしれない。仲良く部屋に入っていったわ」

「そうですか」雅也はカップの縁を指でなぞった。「十五歳で、あんな中年とねぇ……」

「男にも問題がある」玲子が時計を見た。「あの子の歳を知っているのかしら？　知っていて関係を持っているとしたら、それは淫行になる。知らなかったって言うかもしれないけど、常識を疑うわ」

「どうします？」

「しばらく待って、様子を見に行きましょう」前髪を指で整えた。「部屋に入るわけにはいかない。少年課の刑事じゃないもの。わたしたちにできることは確認だけ。廊下でずっと見張っていることもできない。ホテルのセキュリティは厳重よ。すぐ誰か来る」

待つしかない、と椅子に背を預けた。こんなことをしてる間に逃げたら？　と雅也が聞いたが、大丈夫、とそのままの姿勢で答えた。

「それなりに時間がかかることをする。あの子は家に帰るって立木くんが言ってたけど、まだ早い。しばらくここにいましょう」

そう言った玲子が自分のスマホを取り出し、細長い指で画面にタッチした。集中しているようで、雅也のことは視界に入っていないらしい。そうすか、と手を上げてコーヒーのお代わりを頼んだ。

4

二時間後、スマホから目を離した玲子が、行くわよと言って席を立った。支払いを済ませてからエレベーターで十二階へ向かう。宿泊客を装って、廊下で立ち話をするふりをした。話題があるわけではなく、気後れもあり、雅也はほとんど無言だった。

玲子のパーソナルな話を聞きたかったが、初めて会う女に踏み込んだ質問ができないのは性格だ。年上の女に弱いということもあった。黙っているしかない。

玲子の読みは正しく、長く待たずに済んだ。二十分後、瞳が部屋を出てきた。背後から男がしっかりと瞳の腰の辺りを抱いている。

玲子がポーチに仕込んでいるカメラで雅也の肩越しに二人の写真を撮った。探偵ってこんなことをするのか、と雅也は感心した。

エレベーターでロビーへ降りた二人が、そのままホテルの外へ出た。後を追う。タクシー乗り場へ向かっているのがわかった。どこかへ行くのかと思ったが、そうではなかった。男は瞳だけをタクシーに乗せ、また連絡すると携帯を振って見送った。

「あなたは彼女の後を追って」玲子が早口で命令する。「わたしは男を調べる。急いで」

できる？　と聞かれ、何とか、とうなずく。待っていたタクシーに飛び乗った。前の車を追ってください、と頼む。無表情の運転手がアクセルを踏み込んだ。座席で小さく息を吐いたところに、電話がかかってきた。玲子からだった。

「どう？　問題ない？」

「まあ……たぶん」雅也は前を見た。「すぐ後ろにいます。後は運次第ですけど、見逃すことはないと思いますが」

「家に帰るだけだと思う」玲子の少しかすれた声がした。「親が帰るまでに帰宅するようにしてるみたい。優等生でいたいのね……お金は持ってる？　大丈夫？」

「タクシー代ぐらいは。玲子さんは？」

「男は部屋に戻った。泊まるのかも。まだわからない。何かあったら連絡して。じゃあね」

電話が切れた。スマホをしまって、前のタクシーに目をやる。何があるというわけでもない。瞳がおとなしく座っていることがわかっただけだった。

二十分ほど走り、渋谷に入った。駅を抜け、松濤《しようとう》へ向かう。タクシーの速度が落ち、やがて停まった。

十メートルほど後方で停めてもらい、様子を窺《うかが》った。瞳がタクシーを降り、目の前にあった二階建ての家に入っていった。

料金を払い、自分も降りる。何となく不安になり、道の前後を見たが何もない。それもそうだと一人でうなずいて、家の真正面まで行った。水沢、というデザイン化された表札があった。瞳の自宅なのだ。

見上げると、思っていたより大きいことがわかった。父親は弁護士と聞いているが、やはり儲かる商売なのか。高級住宅街である松濤だったが、それにふさわしく外観は立派だ。鉄製の門の前に立ったが、防犯カメラがあることに気づいて、それ以上動けなくなった。ずっとここにいるわけにはいかないだろう。どうすればいいのか。

耳を澄ませてみたが、物音や話し声は聞こえなかった。明かりがついているのは一階だけで、二階は真っ暗だ。雰囲気だが両親はまだ帰っていないらしい。とりあえずよかった、となぜか安心した。

時計を見ると九時五十分だった。これ以上どうしていいのか自分ではわからない。後を追えとは言われたが、そこから先どうしろという指示はなかった。

昨日探偵になったばかりで、何をどうしろと教えられたわけではない。だいたい探偵になったというのも正しくない。見習い以下のポジションだし、金城以下誰も期待していないだろう。

ただ、ここで警察に職務質問されたり、近所の住人からおかしな男がいると通報されるのはまずいということはわかっていた。瞳の家から離れ、道を歩きだす。玲子に連絡して、指示を仰ぐことにした。

五十メートルほど離れたところにあった街灯の下に立ってスマホを取り出す。玲子の番号を呼び出そうとしたタイミングで電話が入った。

「井上です」

「金城だ。今、どこにいる？」

よく通る声がした。あ、どうも、と反射的に頭を下げる。

「渋谷です。松濤付近ですね。水沢瞳って例の女の子の家の近くにいます」

「彼女は帰宅した？」

「はい、そうです」

「それならいい。こっちへ戻れるか？　新しい情報が入った。伝えておきたいが、できれば話は一度で済ませたい。他の連中も揃っている。来られるか？」

「わかりました」

金城が電話を切った。ここから南青山までならタクシーで十分ほどだろう。雅也は大通りを目指して駆けだした。

5

田代刑事から連絡があった、と金城が言った。玲子以外、他の探偵たちが全員いる。真由美と美紀はコンビニでも行ってきたのか、スナック菓子を食べている。徳吉と立木は並んで椅子に座り、金城を見ていた。二人とも頭の後ろで腕を組んでいる。

「例の告発メールがまた届いたそうだ。アドレスはフリー、送信したパソコンは不明。もちろん匿名だ」

「何と言ってきてるんですか」

「青山栄川に細野憲次《ほそのけんじ》という四十歳の教師がいる。数学を教えているそうだが、この男と水沢瞳が関係を持っていると書いてあった。細野は彼女のクラスの担任だ」

「本当なんですかね」

「事実かどうかはわからん。証拠が記されているわけでもない。瞳の方から接近してそういう関係になったとあったそうだ。男の個人名が出たのはこれが初めてだが、より具体的になったということは言えるだろう」

「教師ねえ」徳吉が腕をほどいて座り直す。「それはちょっと……どうなんでしょうかね」

「立木くんの調べたところでは、先週瞳が会っていた男は皆大学生とかサラリーマンのようで、言ってしまえば行きずりだ。だが細野は違う。教師で、学校関係者だ。警察は、全員ではないが栄川の教師に話を聞いている。その中に細野もいた。担当者によると、結婚しているようだ。それでなくても教え子、しかも十五歳の少女とそういう関係になっているというのはちょっとよろしくない。事実関係をはっきりさせたいと田代刑事は言っている。依頼人のリクエストに応えるのは重要だ。調べたい。手伝ってくれ」

どうします？　と徳吉が聞いた。徹底的にやろう、と金城がうなずく。

「細野という男について我々は何も知らない。すべてを知りたい。経歴を知りたい。自宅も調べたい。携帯の通話記録もだし、学校もだ。細野の机から何が出てくるか、見てみようじゃないか」

そんなことをしていいのか、と雅也は不安に思った。それは犯罪に近い行為ではないのか。そもそも、そんなことができるのだろうか。

だが探偵たちは何も言わなかった。そうするしかないでしょうね、という顔になっている。どうも今までの常識が通用しない世界のようだ、と目をつぶった。

「徳さん、美紀くんと組んで学校を調べてください。立木くんは玲子くんと携帯関係を頼む。電話会社には私から連絡を入れておく。真由美くん、済まないが井上くんを連れて細野の自宅へ行ってほしい。いいね」

「井上くんは探偵は初めてなんでしょ？」真由美が雅也をちらりと見た。「何か危なくないですかぁ？」

「いや、彼が適任だ。自宅へ入り込むためには真面目なサラリーマンの顔が必要になってくる。彼は現役だ。それは大きなアドバンテージになる。まず間違いなく自宅には自分のパソコンがある。それを調べるんだ」

「はーい」

「学校の教師だ。情報管理はパソコンで行っている。他にもパーソナルなデータを持っているだろう。それを調べてほしい。井上くん、君はコンピューターには詳しいか？」

金城が顔を向ける。普通です、と雅也は答えた。

「経営学部卒です。ぼくは営業マンで、専門の知識はないんです。普通の会社員よりは少し詳しいかもしれませんけど……」

「では手を打っておく。こっちに任せて、彼女の指示に従ってくれればいい」

「そういうものですか？」

「そういうものだ。細野の自宅はどこだったかな？　最寄り駅は？」

「新宿区です。駅は代々木」立木が言った。「住所も調べてあります」

「よろしい。では真由美くんに教えてやってくれ。徳さん、いいですか？　学校だが、セキュリティの問題が……」

真由美が首を伸ばして、雅也に顔を近づけた。

「頼むから、余計なことはしないでね。あんたは素人なんだから」

「それはその通りだけど、君はどうなの？　プロの探偵だと？」

雅也が囁く。そっちよりはね、と真由美がしかめっ面になった。

6

翌朝七時半、雅也は代々木駅前のハンバーガーショップにいた。苦いコーヒーを二杯飲んだが、眠気は収まらない。

昨夜、時間と場所を真由美に指示され、とりあえず従うことにした。役割としてリーダーは真由美で、言われた通りに動くしかない。

会社には後で半休の連絡をするつもりだったからそれはよかったが、真由美が時間通りに来るのかが不安だった。あれから打ち合わせを続け、日付が変わったところで雅也は帰ったが、真由美はまだ仕事があり、更に別の店に出勤しなければならないと言っていた。

大丈夫なのか。あの女は時間にルーズそうだ。

だが長く待つことはなく、真由美は五分遅れでやってきた。頼んだ甘そうなシェイクを摑んで、そのまま喫煙ブースへ突進する。来てよと手を振っているので、仕方なく雅也も入った。

「眠い」シェイクをストローで吸い上げながら、真由美がセーラムライトに火をつけた。「シャレになんない。六時までアフター。オヤジたちが元気でさ。カラオケボックスで死ぬほどエグザイルを歌わされた」

「そりゃ大変だったね。でも、そういう仕事だろ?」真由美が吹きかけてきた煙を手で払いながら雅也は言った。「金をもらうためにしてるんだから、仕方ないんじゃ……」

「アフターは個人のサービス。タクシー代しかいただいていません」ふた口ほどしか吸ってないセーラムライトを乱暴に消した。「トシだよねえ。オールがきつくなってきた。引退するべきかもしんない」

「人生、引き際が肝心だよ。それで、どうするつもり?」

真由美が新しい煙草をくわえながらバーキンのバッグを開く。取り出したのは小さな金属製の器具だった。

「USB。あの後、うちのパソコン担当のスタッフに頼んで作らせた。さっき、ここへ来る途中受け取ってきたの」

「パソコン担当スタッフ？　そんなのがいるわけ？　金城社長は外注がどうとか言ってたけど……」

「社には来ないけど、役に立つ子よ。いつものことだもん、慣れた仕事よ」

「役に立つ子？　君より若いってこと？　学生なのか？」

「そういうこと。今度話すから」

朝六時までカラオケで騒ぎ、そのままどこかへ立ち寄って、このUSBを取ってきたということらしい。エネルギーが無駄に余ってるのだ、とちょっと呆れた。

髪の毛はさすがに下ろしているものの、着ている服は派手なオレンジのワンピースで、どういうデザインなのか襟元が大きく開いている。メイクも厚い。どこから見ても水商売の女だ。夜明けの街を飛び回っていて、よく職務質問されなかったものだと思いながら、そのUSBは何なの、と聞いた。

「コンピューターウィルスが内蔵されてる」真由美が顔をぐっと近づける。「スパイウェアの亜種だって。その子が改良して、使いやすくしてる。うちも聞いただけで、よくわかっていないんですけどぉ」

香水の匂いが鼻をついて、雅也は顔を背けた。

「言っていることはどうにか理解できる。トロイの木馬か何かなんだろう。それを使って、細野とかいう教師のパソコンに感染させる?」

「パソコンにつなぐと自動でインストールして、ウィルスまみれになるんだって」あはは、と意味なく真由美が笑った。「外部から侵入できるようになるって言ってた。社のパソコンからでも、何だったらうちのスマホからでも細野のパソコンをコントロールできるみたい」

「ふうん」

「ただ、そのためにはターゲットのパソコンに直接接続しなきゃならない。他にも方法はあるみたいだけど、細野のプロバイダーとか調べなきゃなんないんだって。そんな時間ないし、のんびり待ってらんないからさ。やるっきゃないでしょ」

「……てことは、細野のパソコンにそれを? 家の中に入って?」

「そういうことになるかなあ」

「どうやって? 不法侵入するつもり? ぼくは降りる。犯罪には加担したくない」

「そこは任せて。何とかする」

真由美がスマホを取り出して、登録していた番号を押し始めた。細野の自宅の番号だという。

「社長が調べてくれた。あの人、電話会社にコネがあるの」

「コネ？」

「二十三区を管轄している電話会社のホストコンピューターの直接の担当部長が、何年か前痴漢で捕まりかけた」グロスでてかてかに光った真由美の唇が動いた。「金城社長のところに泣きついてきたの。社長が偽のアリバイを作って助けてやった。それ以来、部長は何でも言いなりよ」

「だけど……その部長は、本当に痴漢を？　もしていたんだったら、金城社長がやってることは偽証罪になるんじゃ……」

「さあ。そこはよくわかんない。いいんじゃないの？　知らない方がいいって」

真由美がボタンを押した。こちら関東ガスのお客様メンテナンスサービス係、坂田《さかた》と申します、といきなりきれいな声で話し出す。細野の奥さん、と指で宙に書いた。

「朝早くから申し訳ございません。緊急の事態でして……ガス器具メーカーのリナナックス社から、ガスコンロの着火機材に不具合が見つかったという報告がありました。リコールです。交換は無料でございます。保安部門から要請があり、わたくしどもで調査をしております」

リナナックス？　と雅也が眉間に皺を寄せた。そんな会社、聞いたことがない。知らん顔で真由美が話を続ける。

「細野様のお宅ではガス器具は何をお使いでしょうか……わからない？　そうですよね、それでは確認のため担当者を伺わせます。部品を交換しないと、ガス器具から出火するおそれがあり大変危険です。もしよろしければ今保安部員がおりますので、今からでも拝見させていただきたいのですが……はい？　ああ、なるほど、そうですね、おっしゃる通りです。今すぐは難しいですよね。では何時なら？　九時？　了解しました。九時に伺います。わたくし、担当の坂田でございます」

よろしくお願いします、と言って電話を切った。八時かあ、と左手首のカルティエをつまらなそうに見る。

「まだ時間あるよね。マフィンでも食べようかな。腹減っちゃった。そっちは？　どうする？　先輩におごってあげようとかは？」

まったくない、と雅也は首を振った。ケチ、と言い残して真由美が喫煙ブースを出ていった。

7

代々木駅から十五分ほど歩いたところに細野憲次の自宅はあった。やや小さいが一軒家だ。借りてるのか、買ったのか、と門の前に立った真由美が家を見上げた。

「学校のセンセーって給料いいの？　代々木でこんだけの家住めるなら、悪い商売じゃないよねえ」

「それはいいけど、その格好で行くつもりか？　とてもガス会社の社員には見えない。ぼくもどうなんだろう。会社に行くつもりだったからスーツだ。保安部員が着てるのはおかしくないか？」

「大丈夫だって。ガス会社の社員に知り合いがいる人なんてめったにいないよ。何着てるかなんか、知らないっつーの」

チャイムを鳴らした。はい、という声がして、すぐドアが開く。女が顔を覗かせた。

若くないか、と雅也は思った。細野は四十歳と言ってなかっただろうか。出てきた女はどう見ても二十代だ。どういうことなのか。

「関東ガスの坂田と申します。こちら保安部員の井上」真由美が礼儀正しく頭を下げた。

「先ほどは電話で失礼致しました。ご主人は？　ああ、お仕事ですか。そうですよねえ。それでは早速ガスコンロを点検させていただきたいのですが、よろしいでしょうか。お邪魔します」

失礼、と言いながら真由美が玄関に入り込む。異常なまでに流暢《りゅうちょう》に喋り続けているのはキャバ嬢という仕事がそうさせているのだろうかと思いながら雅也も後に続いた。細野の妻は呆気に取られているのか何も言わない。

「キッチンはどちらに？　井上くん、確認を……いえ、奥様、大丈夫です。井上は勤続二十年のベテランです。童顔なのは本人の責任ではございません……井上くん、さっさと調べて」

キッチンに入り込んで、辺りを見回した。どうしていいのかわからないまま、三つ口コンロを指で叩く。それだけではまずいと思い、コンロに点火してみた。問題なく着火する。当たり前だ。

真由美が少し離れたところで細野の妻を足止めしているので、何かしているふりをすればいいとわかっていたが、そこまでのアドリブ能力はない。自分は何をしているのだろうか、と訳がわからなくなった。

「……奥様、きれいなお家ですね。素敵です。羨ましい。いい色のフローリングですねえ。

重厚感があります。天井が高くて、開放感が抜群ですね。インテリア雑誌にモデルとして載りそうな……ところで、弊社のインターネットサービスはご存じですか？」

「……インターネットサービス？」

細野の妻が囁き声で聞く。さようでございます、と真由美が胸を張った。

「ネット上でホームページを閲覧していただくだけで、来月のガス料金が半額になります。今回、ご迷惑をおかけする形になりましたので、わたくしの裁量で無料に致しましょう。いかがですか？　パソコンを立ち上げて、ホームページを見るだけです」

「それは……そういうものなんですか？」

「そういうものです。ガス料金は自動引き落とし？　ご主人の口座から？　そうですよねえ。でしたら、ご主人のパソコンからご覧になっていただけますか。お支払いの関係で、引き落とし口座のご本人のパソコンからでないと駄目なんです。ご主人のパソコンはお部屋に？」

無茶苦茶だ、とガスコンロに触れながら雅也はつぶやいた。何を言っているのか自分でもわかっていないのだろう。そんなサービスがあるわけない。

だが、細野の妻は納得したようだった。こちらです、と部屋へ案内する。無料という言葉に魅《ひ》かれたのか、それとも真由美の無内容のお喋りを信じてしまったのか。どうやら後者らしい。

「井上くん、そっち終わった？　じゃあこっちへ来て……こちらのパソコンですね？」

雅也が部屋に入っていくと、二人の女がデスクのノートパソコンを見ていた。蓋を開いて起動させた真由美が、ロックされてますねと言った。

「パスワードは？　わからない？　そうですよね、奥様でもそればっかしはねえ……いえ、大丈夫です。こちらを使いますので」ＵＳＢを取り出し、パソコンにつないだ。「問題ありません。少しお待ちいただけますか？　いいお部屋ですね。ご主人の書斎？　広くて、使い勝手がよさそうなこと」

広くはないだろう、と雅也は胸の中でツッコミを入れた。六畳ほどで、デスクと本棚があるだけだ。シンプルで片付いているのは便利そうだったが、物を置くだけのスペースがないということでもあった。

「ガスコンロは？　問題あった？」

真由美が甲高い声で言った。何と答えるべきか迷ったが、少し、と言ってみた。

「でも大丈夫です。部品を交換しました」

「良かった。奥様、ラッキーでしたね。放っておいたら火災が発生したかもしれません。こんな素敵なお家が火事になったら、それは大変なことに……ああ、終わりましたね」

真由美がUSBを抜く。それでよろしいんですか、と細野の妻が言った。

「完璧です。ホームページ？　見なくても結構です。見たければどうぞ。これで来月のガス料金は無料になります。作業は終了しました。失礼します」

行くわよ、と雅也の肩を押して玄関へ戻る。あの、と細野の妻が追いかけてきたが、いいんですいいんです、と首を大きく左右に振った。

「リコールですので、無料です。これからもよろしくお願いいたします。大丈夫です。もう一生安心です。ガスコンロから出火することは金輪際ありません。失礼します。ありがとうございましたぁ」

二人で外に出た。扉が閉まる前に、行こう、と真由美が早足で歩きだした。

「あのさ、これってヤバくない？　普通に考えたら、明らかに犯罪ってことに……」

雅也が横に並んだ。そうだねえ、と真由美が何も考えていない顔で答える。

「うちらは探偵で、警察じゃない」背後を見た。「法律があるのは知ってる。だけど縛られるもんじゃない。依頼に応えるのが仕事で、手段は問わない。目的のためなら何でもあり。そういう商売なの」

「だけど、法律に違反してる。捕まったら……」

「マジメか、あんたは」真由美が呆れたような目をした。「その時はその時だし、そうならないように手を打っておけばいい。大丈夫だって、捕まったりしないから。そんな顔をしなさんなって」

「本当に？」

「……って、社長は言ってる」

後ろに誰もいないことを確認して、真由美が駅へ向かった。何だかなあ、とつぶやきながら雅也も続いた。

8

昼前に出社し、それなりに仕事をした。周囲の社員たちは別に何も言わない。いつものことだった。他の社員が何をしていても、関係ないのだ。

服部部長に呼ばれることもなかった。言う時はまとめてと思っているようだ。まあいいや、と思いながらデスクに向かった。六時、会社を出て南青山へ行った。金城以下、六人の探偵が顔を揃えていた。

「細野のパソコンの件はご苦労だった」

座りたまえ、と金城が手で示した。

「別に何もしてないんですけど」

　真由美が隣の徳吉に囁きかける。何もしてなくはないだろう、と言いながら雅也は座った。

「あれはどう見たって犯罪です。きれいな仕事じゃないのはわかっていますが、ヤバいことに関わるのは……」

「めったにしない。今回、緊急と考えられる要素があった。どちらにせよ、君の言うヤバい事態にはならない。誰も気づきはしないからだ」

「気がつかなければ何をしてもいいと？」

「意外と厳しいね。道徳心を持つ者は好きだよ……何をしてもいいとは思っていないが、法律が絶対のルールだと考えたことはない。そう答えておこう……さて、君を待っていたわけではないが、全員揃っている。みんな、それぞれ違う事件を抱えている。こう見えて私たちは忙しいんだ。ＩＴボーイ、細野のパソコンに侵入してもらおう。それぐらいできるね？」

「別に詳しいわけじゃないと言ったはずです。専門知識があるわけじゃ……」

　やりなさい、と玲子が言った。まあ、その、と唸《うな》りながら探偵社のパソコンを立ち上げる。ＵＳＢに内蔵されているスパイウェアの仕組みについては、真由美から聞いていた。

複雑な構造ではないとわかっている。

丸っきりの素人というわけではなく、人並み以上の知識はあった。パソコンがあるのが当たり前の環境で育っている。スキルは自然と身についていた。

マウスを動かして、クリックを繰り返す。画面が切り替わり、アクセスしますか？ という表示が出た。誰かは知らないが、このソフトを作った人間は小学生でもわかるような親切設計をしているらしかった。

イエス、とダブルクリックすると、開始モードという赤い文字が浮かんで、あっさり細野のパソコンに入ることができた。画面にアルファベットと数字から成る数式のようなものがいくつも並ぶ。何だ？ と立木が囁いた。年齢の割にデジタルに詳しくないようだ。

「細野が保管しているフォルダです」雅也は説明した。「ひとつひとつ見ていけばわかるはずですが、このソフトではフォルダやメールなんかをこういう数式で表しているようですね。もうちょっとわかりやすくてもいいと思うんですが」

「それは表示の仕方の問題じゃない？ こっちをクリックしてみたら？」手を伸ばした玲子がマウスを押した。「通常形式に戻せば……ほら、出た」

画面が見慣れたものに変わった。ウィンドウズのフォルダが数十個並んでいる。ご立派なＩＴボーイだこと、と真由美がつぶやいた。

「そりゃあ……このソフトを使うのは初めてだし、まあ単純ミスっていうか……」

「試験結果って書いてある」雅也の言い訳を無視して、立木が画面を指さした。

「2013夏、秋、冬……開いてみろよ」

言われた通りフォルダを選び、クリックした。画面にリストが出てくる。

「1年B組とある。こっちは生徒の名前だろう」リストに並ぶ人名を徳吉が指で押さえた。

「管理社会ですな……成績が一目でわかる。この子はひどいな、二十四点というのは……可哀想に」

「青山栄川にも数学が苦手な生徒がいるってことだ」金城がつぶやいた。「個人情報だ。見なかったことにしよう。テストの成績なんかどうだっていい。他を調べてくれ」

「メールとか見られないの?」玲子が聞いた。「メールを見れば、何してるのかとか、連絡を取っている人間の名前とかわかるんじゃない? 重要だと思うんだけど」

もっともだと思いメールボックスを捜したが、すぐには見つからなかった。また違う手順で操作しなければならないようだ。とりあえず、とカーソルを動かしてフォルダを開いていく。

細野はまめな性格なのか、何でもパソコンで管理しているようだった。中にhosono、という名前のついたフォルダを見つけた。

ひとつ目を開くと、生徒の顔写真と短い寸評がリストになっていた。成績や性格などが書かれている。数字が入っているのは、ランクづけということらしい。十段階評価で、扱いやすい生徒は最高点の十となっていた。

ふたつ目には親の職業、年齢、連絡先などがあった。何人かにMPという記号がつけられている。うつむいていた美紀の口から、モンスターペアレント、という言葉が漏れた。

「先生も大変ですなあ」徳吉が空ろな声で言った。「わたしたちの頃には考えられなかったが、こうやって情報を整理して親への対策を考えているわけだ。子供を殴ったりしたら大騒ぎになる時代だ。注意するのにも言葉を選ばなければならない。わたしが中学の時、デビルってあだ名の先生がいたんだが……」

三つ目のフォルダを開いた時、全員が口を揃えてストップと叫んだ。言われる前に雅也も手を止めていた。女の写真がそこにあった。正面から撮られたものだが、ややうつむいている。怯えているようだった。

だが、ストップと誰もが叫んだのには別の理由があった。女は何も着ていなかった。全身が写っているわけではないが、裸に近い格好であることは間違いない。シーツのようなもので体を覆っている。女は若かった。幼ささえ感じられる。

「……名前がある」金城が指さした。「日付もだ」

「二年A組、岡村良子《おかむらよしこ》」真由美が声に出して読み上げた。「2009年8月18日……五年前？」

「二年というのは……中学二年のことですよね」徳吉が顔をしかめる。「学校の生徒かな？　教え子？」

「一枚じゃありません。続きが……いや、続きっていうか、これは……いっぱいありますね」

雅也はマウスをクリックした。別の写真が出てくる。よく似たアングルで、やはり裸に近い格好をしていた。細野との関係は明らかだった。

ひとつひとつ取り出して画面に並べてみると、写真は全部で十二枚あった。名前が全員記されているわけではなく、A子、B美、というようなイニシャル表記の女の子もいる。数えると半分の六枚に実名があった。

「実名の子の最後に……レイプってあるけど」真由美がおそるおそる、という表情で言った。「どういう意味？」

見返すと、岡村良子という最初の子の名前の欄にも、レイプの文字があった。日付をたどっていくと、五年前に一人、四年前に三人、三年前に三人、二年前に四人、去年は一人だった。

「四年前の三人は全員イニシャルだ」徳吉が指摘する。「三年前の一人もイニシャル、二年前は二人。イニシャルの子は顔を写してない」

「わからんね。イニシャルの子はレイプじゃない？　合意があった？　二年前には四人と関係を持ってる？　どんなエロ教師なんだよ」

立木が吐き捨てた。玲子は暗い目で画面を見つめている。

「去年で写真は終わってます」雅也は言った。「最後の子の名前なんですけど……水沢瞳とあります。告発メールにあった名前ですね？」

「整理しよう」金城が指を振った。「この写真から判断すると、細野は学内の生徒と関係を持ち、それを記録に残していたようだ。それ以前のことは不明。同じような行為があったのか、あったとしてもその頃は撮影をしていなかった？　写真を撮るようになったのは五年前の岡村良子という生徒からだ」

「その後、常習的に女子生徒と関係を持った」徳吉がうなずく。「イニシャルの子がレイプ被害者でないとすれば、四年前は合意があったようですな。合意があればいいってもんじゃないですが、中学生っていうのはねえ……」

「ヘンタイよ！」真由美が喚《わめ》いた。「ロリコンなんだわ」

「かもしれない。とにかく、レイプしている子が増えている。どうやったのか、どこでそんなことをしたのか。自宅ではないだろう。自分の家に女子生徒を連れ込んでいるのを誰かに見られたら大問題だ。かといってホテルとも思えない。ベッドと思われる家具が写りこんでいるが、普通のものだ。見た感じで言うと、同じベッドのように見える。女の子の家とかではないのか？　同じ場所？」

金城が首を傾げる。それどころじゃないでしょう、と雅也は立ち上がってテーブルを叩いた。

「これは犯罪ですよ。合意があろうとレイプだろうと、中学生とそんな……しかも細野は教師です。許されることじゃない」

「落ち着けよ。座れ」立木がぶっきらぼうに言った。「そんなことはわかってる。だが簡単な問題じゃない」

「一昨年は四人と関係を持っている」金城がパソコンを指した。「半分がレイプと書いてある。去年は水沢瞳一人だけだ。今年はどうなんだ？　続けているのか？」

「去年……そういえば、水沢瞳のクラスメイトが言ってました」立木が鼻をこすった。「一年前の夏休み明け、水沢瞳がそれまでとは変わってしまったと。日付は……7月20日となっています。夏休みの間に、細野は何らかの手段で水沢瞳をレイプした。細野によって、性格が一変したってわけだ」

「かわいそう」真由美がつぶやく。「ひどい。ひどすぎる」

いきなり立ち上がった美紀が部屋を出て行った。一年前で写真は終わっているようです、とフォルダを確認していた雅也は言った。

「その後は見つかりません」

「何かあったのか？　止めた？　考えにくい。細野は確かにちょっとおかしい。常習犯だったことは明らかだ。性犯罪者が自分から犯行を止めることはめったにない。何か理由があった？」

腕組みをしてしばらく考え込んでいた金城が、とにかく報告しようとスマホをジャケットのポケットから取り出した。トレイを持って部屋に戻ってきた美紀が、コーヒー、とだけ言って全員の前に紙コップを並べ始めた。

9

スピーカーホンの機能を使って、金城が電話をかけた。すぐに相手が出た。

「田代です」

「こんばんは、金城です。今、話せますか？」

「構いません……何かわかりましたか？」

金城が紙コップを取り上げて、ひと口すすった。

「細野憲次について調べました。学校の教師です。細野は学校の生徒たちと、性的な関係を持っていたようですね。去年今年の話じゃない。少なくとも五年前から続いています」

「五年前……？」

「わかっている限り、関係があった女子生徒は十二人います。全員中学生です。これは正確な情報かどうかまだわかりませんが、半分はレイプのようです。少なくとも本人の記録ではそうなっている」

「……レイプ？」

「そうです。一年前も、告発メールにあった水沢瞳という少女をレイプしているようです。ただ、それ以降は記録が途絶えている。記録することを止めたのか、関係を持つことを止めたのか……そこまではわかりませんが」

「他の半分……六人？　六人とは例えばですが恋愛関係にあった？　それとも別の理由が？」

「わかりません」

「どんな理由があっても、中学生というのは問題ですけど」千賀子の声が低くなった。

「どういうことなのか、調べていただけますか。わたしはちょっと緊急の件があって、数日は動けそうにありません。申し訳ありませんが……」

「あなたが動くのは、あまりよろしくないでしょう。事件扱いになったら……」

「レイプっていうのは、扱いが難しいんです。被害者の事情を考慮しなければなりません。彼女たちがどう考えているか、普通の犯罪とは違います。もちろん犯罪ですが、立証するのは……」

「わかりますよ」

「調べていただけませんか。ある程度状況がはっきりすれば、こちらが正式な手続きを踏んで動く方がいいかもしれません。そうするべきだと思っています。ですが、今の段階では……当然ですが、外部に漏らすようなことは……」

「しませんよ。探偵のいいところはそこです。秘密は守ります」

「青山栄川は名門校です」千賀子が大きく息を吐いた。「そこの教師が教え子と関係を持っていたとわかれば、マスコミは大騒ぎするでしょう。細野がどうなろうと、してきたことが事実であるのならそんなことは構いませんが被害者たちのことがあります」

「ええ」

「五年前とおっしゃいましたよね？　今は大学生でしょうか？　他の子たちもそうですが、

プライバシーがある。現在の生活があります。合意にせよレイプにせよ、彼女たちにとって思い出したくない過去なのでは……彼女たちは誰にも細野との関係を話していないと思われます。表ざたになるのを避けたかったんでしょう。黙って、我慢するしかなかった。時間が経てば忘れられると思った」

そうでしょうね、と金城がうなずいた。

「レイプされた女の子たちは全員そう考えたはずです。それは細野の計算にも入っていたんでしょう。教師にレイプされたなんて学校には言えない。友達、親にもだ。相談さえできない。嫌な話です」

「卑劣な男ですね……もちろん許されないことです。性犯罪、しかも教師という立場の人間が未成年者にそんなことをするのは最悪です。ですが……、……証拠が必要です。もっとはっきり言えば、被害者本人が告訴してくれなければ罪として成立しません。レイプというのはそういう犯罪なんです」

「わかりますよ」

「被害者の身元を調べてください。わたしが会います。直接話して、理解を求めます。強制することはできません。会うことを拒否する者もいるでしょう。ですが、一人でも多く立ち上がってくれれば……」

「説得できると？」

「したいと思います。調べていただけますか。何とかしないと……」

「了解しました」金城が答えた。「協力しましょう。被害者は学校の生徒たちです。在校生の中にもいる。名前が記されている者もいます。時間はそれほどかからないと思いますよ」

「よろしくお願いします。何かあったら必ず連絡を」

お願いします、ともう一度言って千賀子が電話を切った。金城がほお杖をついた。

「聞いた通りだ。他の依頼についての調査は続けてもらうが、刑事の依頼は優先的に扱う。全員でかかろう。その方が効率的だ。まず細野という男についての情報が欲しい。経歴、学歴、職場でのポジション、通信記録、その他すべてだ。担当を決めよう。立木くん、君は……」

探偵たちが真剣な顔になっている。雅也は神経を集中させて話を聞いた。

10

数日、何も起きなかった。雅也は探偵社に通ったが、金城の姿はもちろん、他の探偵たちを見ることもほとんどなかった。

電話番ということなのか、真由美だけは事務所にいることが多かった。うるさく話しかけてくるが、キャバ嬢の愚痴に興味はない。細野の調査について聞くと、誰からも詳しい報告はないということだった。

四日後、金城から携帯に電話があった。六時に会議を行うので来てくれと言う。それぞれの探偵たちが調査結果を報告するということだった。六時過ぎ、探偵社に着いた。奥の部屋へ行くと、徳吉が立ってメモを読み上げているところだった。

「……細野憲次は四十歳です。私立成応《せいおう》大学在学中に教員免許を取り、卒業後自分の出た高校で数学を教えていましたが、二十五の時に青山栄川に招かれ、中学生を教えるようになりました」

すいません、と小声で言いながら雅也は空いていた席に座った。遅いじゃん、と真由美が丸めたティッシュを投げ付けてくる。

「二十九歳で結婚しています」徳吉が話を続けた。「相手は女子高生でした。中学の時の教え子です。中学時代から関係があったようですな。高校三年生のその子を妊娠させましたが、出産予定が卒業後であったこと、本人と両親の強い希望があってすぐ結婚したので、大きな問題にはなっていません。結局、子供は流産しました。その後は妊娠していません。

現在は妻と二人で代々木の一軒家で暮らしています」

「行きましたよ。いい家だったあ」羨ましい、と真由美がつぶやく。「あの家は持ち家？借りてる？」

「結婚後、しばらくして購入している」徳吉が言った。「妻の家が資産家でね。全額じゃないが頭金を払っている。まだローンは残っているが、それほどの額じゃない。栄川は給料がいいようで、返済に問題はない。学校でトラブルを起こしたこともない。静かな生活を送っているようだ。ただ、最初に勤めていた高校で、女子生徒と個人的に会っていることを学校に注意されている。一人じゃない。何人もいる。細野は勉強を教えていたと説明し、それ以上は追及されなかったようだ。十五年以上昔の話だからな。問題にする親や関係者はいなかった。そういう時代だったんですな」

「女子高生に興味を持っていた？」

立木の問いに、おそらく、と徳吉が答えた。

「そういう男だった可能性は高い。栄川でも熱心な教師だと評価されているが、特定の生徒を呼び出したり、自宅まで行くこともあったそうだ。注意されてすぐ止めているがね」

ヘンタイのロリコン、と真由美がつぶやく。結婚後はおとなしくしていたが、五年前に再び教え子と関係を持つようになった、と徳吉が周りを見た。

「調べましたが、その前のことはわかりませんでした。卒業生に話を聞いたりしたんですが、何も知らないと。こっちもあまりはっきりとは聞けませんしね。細野先生が生徒をレイプしてたのはご存じでしたか？　とは聞けないからねえ」

「五年前というのは、この前の写真からそう考えられると？」

金城が質問した。そうです、と徳吉がうなずく。

「きっかけはわかりません。五年前というのも本人が記録しているだけで、信じていいのかどうか。レイプと書いていますからそういうことなんでしょうけど、実態は不明です。書いてない者は合意があったということなのか？　そこもわからない」

「学校は？」

「一昨日の深夜、職員室にお邪魔しました」徳吉がさらりと言った。「名門というわりには、セキュリティの甘い学校でしたね。どうやって入ったかは聞かないでください。知らない方がお互いのためです。デスクや使っているパソコンを調べました。教育熱心な先生であることは本当のようです。大学の研究室に通って勉強したりもしています。生徒一人一人に細かい評価もつけているし、今後の指導方針なんかもありました。真面目ということなのか、他には何も出てきません。プライベート関係のことは学校に持ち込まないようにしているようですな」

「あれから、パソコンを詳しく分析しました」入れ替わって立った立木が口を開いた。「例のフォルダ以外はきれいなものです。代々木の予備校で数学の講師をやっているのがわかりましたが、学校も認めていることです。青山栄川ではそういう教師は他にも多いようですね。電話会社の人間に協力してもらい、固定電話と携帯の通信記録を調べています。メールもです。とりあえずひと月前までさかのぼっていますが、かなりの量でして……同僚はもちろん、生徒ともメールをやり取りしている。数学について、メールで教えたりもしているようです。すべてを確認するのはちょっと時間がかかりそうです」

「学校での評判はいい？」

「そうですね。真面目で、熱心だと。その割にうるさいことを言わないので、生徒の大半からは好かれています。生理的に嫌いだという男の子もいましたけど、数学の教師ですからね。おれもあんまり親しくなりたくないですよ。親からも信頼されているようです。親切で優しいというような話を何人かから聞きました」

「尾行してみました」座ったまま玲子が言った。「何もありません。家と学校の往復です。学校の中ではおそらく何もしていないでしょう。リスクが高すぎますから。特定の女子生徒と個人的に会ったりするようなこともないと証言がありました」

「女子中学生には飽きたかな？」徳吉がつまらなそうに言った。「馬鹿らしくなったのかもしれん」

「一年前に水沢瞳をレイプし、写真を撮ってから、今日まで新しい被害者は出ていないようだ」金城がほお杖をついたまま言った。「何かしていればパソコンに残しただろう。異常者の発想だが、そういう奴はルールを変えない。本当に止めたのか？」

「でも、性的犯罪者は同じことを繰り返すって、社長が言ったんですよね」

真由美が言った。そうだ、と金城がうなずく。

「こんな言い方はしたくないが、細野にとっては有利な状況だった。学校内の女子生徒をターゲットにしている。学校は一種の密室だ。教師が何をしても外部には漏れない。ばれる可能性は低かった。安全な立場でレイプを続けていた。更に犯行を重ねてもおかしくない。だが記録は中断している。止めたということなのか？　だとしたらその理由は？」

わからない、と全員が首を振る。他に何かないか、と金城が言った。あたしもつけた、と美紀がゆっくり口を動かした。

「昨日の放課後、学校から出た細野に女の子が話しかけていた。細野は迷惑そうにしてた。すぐ別れた」

暗い声だった。途切れ途切れの報告だったが、金城は真剣な表情で耳を傾けている。

「それから？」

「女の子の名前は調べた」美紀がメモを取り出した。「草野裕美《くさのひろみ》、三年B組。眼鏡をかけた真面目そうな子だった。別におかしなところはない」

「草野……？　細野の記録にそんな名前はなかったが」

徳吉が言った。そうですね、と立木がうなずく。

「社長に言われた不動産屋の件ですが、調査の手配をしました。昨日真由美ちゃんが細野の家にもう一度入り込んでベッドの写真を撮ってきましたが、写真に写っているベッドとは明らかに違います。ですが、ラブホテルなどのベッドではないことも確かだ。細野はどこかに部屋を借りているのかもしれません。そこがわかれば、また別の展開があるかもしれない」

「部屋を借りているとしたら家賃はどうやって支払ってる？　学校の給料と、予備校の講師代、二通りの収入源があるが、それで足りるのか？」

「銀行を調べています」玲子が落ち着いた声で答えた。「金の動きを追っています。数日で回答が出ることになっています」

「……そんなことまで？」雅也の口から言葉が漏れた。「銀行が顧客の資産状況を外部に話す？　そんなことあり得ません」

「あり得なくはない。銀行はそんなことはしないが、銀行マンはしないわけでもないのだ」金城が言った。「システムは無理だが、人間は押さえられる。最後に出てくるのは人間だよ。問題にならないことを理解させ、多少の報酬を提示すれば、言われた通りにする者はいる。そういうものだ」

「調べられないことはないと？」

「過去、何とかならなかったことはなかった」金城が微笑んだ。「たどっていけば、協力者は出てくる。不思議だが本当だ」

それでは整理しよう、と立ち上がった。今後の方針を決める、とホワイトボードにペンを走らせた。そういうものだろうかと思いながら、雅也は前を向いた。

11

翌日、探偵社に行ったが、鍵が閉まっていた。いつもは最低でも誰か一人はいたのだが、今日はそういうことではないようだ。立木に電話してみると、メシ食ってる、と元気のい い返事があった。

「お前のことを待ってたんだけど、レストランナイルのカレーフェアが今日までだってわかってさ。美紀ちゃんが割引券持ってて、人数制限もあったし遅い奴が悪いんだって、おれらだけで来ちゃった。済まんな」

「いや、いいんですけど……ただ、鍵がかかってて中に入れないんですよ」

「あれ、そう？　社長が戻ってるはずだったけど、遅れてるのかな。おれらは後三十分ぐらいで戻るから、ちょっと時間潰してろよ。すぐだって」

後でな、と立木が電話を切った。まあ仕方がない。近くの喫茶店にでも行こうと振り向いた時、田代千賀子が廊下を歩いてくるのが見えた。

「こんばんは」

「ああ、えっと……井上くん？　どうしたの？　何で入らないの？」

「いや、ちょっと……全員出払ってて」

ノブを引っ張って、開かないんですと示した。あら、と千賀子が目を丸くする。

「金城さんと約束してたんだけど……わたしも早く着き過ぎちゃって。七時半の約束なのよ」

「今、七時ちょうどです」

「そっかあ。仕方ないなあ。あなたは鍵持ってないんだよね？　向かいに喫茶店あったけど、お茶でも飲む？」

「そうしようかなって思ってたんです」

踵《きびす》を返した千賀子がエレベーターまで歩いて、ボタンを押した。タイミングよくドアが開く。

「探偵はどう？」

狭い箱の中で千賀子が言った。まだよくわかんなくて、と答える。そりゃそうよね、とうなずいた千賀子が一階で外に出た。後に続く。

通りを渡ってテンカラットという喫茶店に入った。今時珍しくシーリングファンが回っているその真下に席を取り、飲み物を注文した。

「刑事って、忙しいんですか？」

話題を見つけるためにとりあえずの質問をした。どうなんだろう、と真顔で千賀子が言った。

「南青山署に移って三年になるけど、慣れたような慣れてないような……忙しいんだろうけど、前に比べたらそうでもないかも。捜査に専念できる分、集中するから時間的には逆に余裕があるかな」

「前に比べたら？」

「わたし、こっち来る前は本庁勤務だったから」あっさりと答えた。「あそこだと、書類仕事が多くてね……役所だから書式とかうるさくて。結構時間かかるのよ」

「そうなんですか。それって、エリートってことですか？」

届いたアイスコーヒーにミルクを入れながら聞いた。配属がそうだっただけでエリートなんかじゃない、と千賀子が笑った。

「南青山、いいよね。桜田門はランチひとつ食べに行くのも、お店がないの。一応女性ですからね、ラーメン屋っていうのもちょっと……こっちはその点いいよお。街自体がきれいだし、オシャレなカフェとかショップもたくさんある。偉くなりたいわけじゃないし、本庁なんかよりこっちの方が全然いい」

「そうですよねえ。ぼくも実は別の仕事があって、築地に会社があるんですけど……毎日市場で寿司食うわけにもいかないし。選べるって意味じゃこの辺は最高ですよね」

「そうそう」

千賀子がオレンジジュースにストローを突っ込んで勢いよく吸った。田代さんって、と雅也は顔を上げた。

「前も聞いてて思ったんですけど……もしかして北関東の方の出身じゃないですか？　いや、失礼な話かもしれないんですけど……」

「どうして？　わたし、なまってる？」

「別に方言があるってわけじゃないんですけど、アクセントに聞き覚えがあって。ぼく、高校まで群馬だったんですよ。館林《たてばやし》。田舎ですけど」

「探偵の素質あるかも」千賀子が手を伸ばして雅也の肩をついた。「誰にも言わないでね。わたし、前橋《まえばし》に住んでた」

「やっぱし？」

「中学まで東京だったんだけど、高校に入った時群馬に引っ越した。父親の仕事の関係。三年暮らした。大学でまたこっちに戻ったけど、アクセントはその頃ついたんだと思う。今三十五だから、もう二十年前の話なんだけどね……そうか、ばれたかあ。気をつけよう」

「いや、何も恥ずかしいことじゃないし」群馬サイコー、と親指を立てる。「そんな目立ちませんよ」

「館林って言ったよね。行ったことあるよ。同巡会《どうじゅんかい》って病院があって、そこに通ってたの」

「同巡会病院？　駅の東口の？　あそこでかいっすよね。あるのは知ってます。地元じゃ有名ですから。診てもらったことはないんですけど。風邪とかじゃ敷居が高くて行けないっていうか……でも、前橋から館林まで通ってたんですか？　前橋だったら、もっといい病院あったんじゃ——？」

「同巡会の先生で有名な人がいたの。群馬のブラックジャック？　そんな感じの……待って、金城さんからだ」

千賀子が電話に出た。はい、と二度言ってすぐ切る。戻ったって、と言った。

「懐かしいなあ、群馬……また今度話そうね。同県人？　みたいなもんでしょ？」

そうですね、とうなずく。何かの縁だから、と千賀子がお茶代を払ってくれた。ごちそうさまですと言うと、いいのよ、と通りを渡っていく。刑事にしてはいい人だ、と思いながら雅也も後に続いた。

12

金城は千賀子と話があると言って、部屋に籠《こ》もった。とりあえずすることはない。まだ指示がなければ動けなかった。

しばらくぼんやりしていると、玲子が入ってきた。落ち着いた明るい茶色のシャツに、黒いスカートという姿だ。どうしたのと子供に話しかけるような調子で聞かれ、待機してますと答えると、ちょうどよかったとうなずいた。

「うちの精算のやり方を教えてあげるから。時間はかからない。簡単よ」

ここに座って、と言うので隣に腰を落ち着けた。パソコンを立ち上げた玲子が、基本的には交通費と打ち合わせ費の二つしか項目はないと思っていい、と説明を始める。淡い香水の匂いが鼻をくすぐった。

経理関係を担当していることは聞いていた。探偵全員の金銭的な事務を一人でやっているようだ。低く、それでいて聞き取りやすい声で話すのを聞いているうちに、なぜか心臓が強く鳴った。

五、六歳年上だろう、と改めて玲子の横顔を覗き見た。金城を含め、他の探偵たちはどこか社会人としていかがなものかと思うところがあるが、玲子は違った。

落ち着いている。きちんとした女性であることは確かだ。常識的で、接し方も過剰ではなく、冷たいというわけでもない。大人の女性だという印象を受けた。

前に話した時もそうだったが、自分のことをあまり喋るつもりはないようだ。やや冷たい感じを受けるぐらい整った顔立ちだが、笑うと子供っぽくなる。ちょっと謎めいていて、だからなのか人柄や経歴を知りたくなった。

どういう生まれ育ちなのか。探偵になる前は何をしていたのか。だいたいなぜ探偵になったのか。真面目で、頭が良さそうだ。余計なことは言わない。クールに見えて、でもハートは温かいのではないか。雅也の想いはどこまでも転がっていった。

こういう女性に弱いのは自分でもよくわかっている。それでも魅かれてしまうのは性格的な問題だろう。

「……聞いてる?」

「……ええと、はい」

「試しにやってみようか。表参道から東京駅まで行ったとしましょう。電車賃はどう計算する?」

「あの……すいません、最初からもう一度お願いしてもいいですか?」

横顔に見とれていた自分を恥じながら、指を一本立てた。しっかりしなさいよ、と笑った玲子が再び話し始める。

なるほど、とうなずきながら聞いていたが、何も頭に入ってこない。三十分説明を受けて、とりあえずやってみますと訳のわからないことを言って席に戻った。これ以上そばにいたら体に悪い。

戻ってきた立木が、さっきは悪かったなと声をかけてきたが、うまく答えられなかった。どうしたと肩を叩かれて、まあぼちぼち、と意味不明の笑みを返す。

「どう? 精算のやり方、習った?」

お腹いっぱいだよ、と言いながら真由美が隣に座ってきた。距離感が近すぎる女は苦手だ。どうにかかね、とだけ答える。精算は会社の基本だよ、と言いながら一枚の領収書を机に置いた。

「何、これ?」

「ちょっとね。いいから。練習だと思って、やってみなよ」

「練習? 二万五千円? スポーツバー?」

「二割バックする。細かいこと言わないの。今月ピンチなのよ。助け合おうよ、労働者なんだし」

「これ、仕事じゃないだろ? 素人が見たってわかる。ぼくだってサラリーマンなんだ。ごまかそうったって……」

「冷たいこと言わないで。友達じゃないの」

「友達になんかなった覚えはない」

「頼むってばあ。玲子さん、うちの伝票にはうるさいのよ。そりゃ、うちが悪いんだけどさ。井上くんは大丈夫。まだ真っ白だもん。イエローやレッドカード切られちゃいないんだし……わかった。おごる。今日、うちの店に連れてってあげる。タダでいいって。飲み放題だよ。渋谷じゃ誰でも知ってる一流店なの。カワイイ子つけてあげるから」

「そんなことを言ってるんじゃない。頼んでないぞ。キャバクラだろ? 別に行きたく……」

「社長、戻ってきた」真由美が領収書を押し付ける。「よろしくよろしくよろしく。お願いね、後でね」

突き返そうとしたが、金城が話し始めたので思い止まった。後で叩き返してやる。社会の常識ってものを教えてやろう。それまで、黙って座ってろ。

13

そのつもりだったし、説教までしてやろうと考えていたが、何だかんだ真由美が言い抜けているうちに、勤めているというキャバクラへ行くことになった。キャバクラは好きではない。厚化粧をした年下の女の子が甲高い声で喋っているのを聞いていると頭が痛くなってくる。ついてきてしまったのは魔が差したとしか思えなかった。

ただ、真由美も適当なことを言っていたというわけではないようで、店はそれなりに金がかかった造りだった。調度品も高級そうだ。黒服の男たちもきびきびと働いている。一流店というのは本当らしかった。

何を話していいのかわからないまま、三人の女に取り囲まれた。何やかや話しかけてくる。無視するのもどうかと思い、適当に相手をしながら作ってもらった水割りを飲んだ。

酒に強くはないが、嫌いではない。酔っ払う時のぐずぐずした感じはむしろ好きだ。あたしたちもドリンクいただいていいですかと聞かれ、いいんじゃないのと答えた。そんなことをしていると、また別の女が席に着く。三セットほどそれを繰り返していると、黒服がやってきた。

「お客様、いかがなさいますか？　延長でよろしいですか？」

「延長？　いや、ぼくはそんなんじゃなくて」ろれつがうまく回らなくなっていた。「……客ってわけじゃないんです。誘われたんだ。真由美って子です。知り合いなんで」

「聞いております。最初の一時間は友達価格でと。基本料金はお支払いいただかなくて結構です。当店ナンバーツーの真由美さんの顔を潰すような真似はいたしません」

「ですよねえ」黒服に笑いかけた。「じゃ、ぼくはそろそろ……電車もなくなるし。今、何時ですか？」

「十一時でございます。ではお帰りに？　ありがとうございます。それでは、ドリンク代と指名料だけお願いできますでしょうか」

「今、何て……？」

「ドリンク代と指名料でございます」黒服が丁寧に繰り返す。「七万二千円と消費税になります」

「七万二千円？」

「お客様は九名のフロアレディを指名し、十八杯彼女たちはドリンクを……おや、十九杯？　では七万五千円？」

「ぼくは真由美って子の知り合いで、指名なんてしてない」雅也は立ち上がった。「ドリンクだって？　ポカリスエットにオレンジジュースを混ぜただけだって聞いたぞ。そんなものでいくら取る気だ？」

「料金体系の説明には多少時間がかかります。自動延長ということでよろしゅうございますか？」

「ぼったくりだ！　詐欺じゃないか、こんなの！　真由美の奴はどこに？　自分が払うからって言ったんだ。おごるから来てくれって……」

「その通りです。基本セット料金は真由美さんが支払っております。ですが、それ以外のことはお客様の判断で女の子を指名し、ドリンクを飲ませているわけですから、そこまで真由美さんに払わせるというのは男としてどうでしょうか。それとも、それほど深い関係？」

「冗談じゃない！　知り合ったのは数日前だ。親しくなんか……」

「とにかく、お支払いを。当店は暴力バーではございません。正当な請求です。お支払いいただけないのなら、警察に通報を……ああ、クレジットカードをお持ちじゃないですか。少々お待ちください、ただ今領収書を……」

黒服が足早に去っていくのと入れ替わりに真由美がふらふらとした足取りで近づいてきた。お前、どういうことだよと叫んだ雅也の隣に体を投げ出すようにして座る。

「怒鳴らないでよ……七杯一気してきたんだから。年寄りの客は元気で困るわ」

「とんねるず世代のジジイか？　そんなことはいい。七万五千円返せ。すぐ返せ！　お前がおごるって言ったんだぞ。指名料？　ドリンク代？　聞いてないぞ！」

「自分でやったんでしょ？　店は強制なんかしない。程度のいい店だもん。自分でやったことは自分で責任取れっつーの。楽しく飲んだんだったら、それなりに代償を払いなさいって。だいたい、男が七万ぽっちで逆上するなんてみっともなくない？　カッコ悪いよ」

「ぼくの家賃と変わらない金額だぞ。そんな金持ちじゃないんだ……ねえ、何とかなんないか？」

「人生諦めが肝心だよ。どう、探偵稼業は？　面白い？」

「そんなのわかんないって」座り込んだ雅也のところに黒服がカードと領収書を渡してきた。「まだ全然……何かしたってわけじゃないし」

「玲子さんのこと、いいなって思ってるでしょ」

カードを財布に戻すふりをしながらうつむいた。何と答えていいのかわからない。

「……何を言ってる？　そんなこと……」

「キミ、童貞でしょ？」

「ば……馬鹿か、お前！　何言ってる！　これでも経験豊富なんだ」

唾を飛ばして否定した。真由美が嫌そうに顔を背ける。つまらないことを言うな、と水割りを一気に飲んだ。どうしてわかったのだろう。

実は童貞だ。女性とつきあったことも一度しかない。認めたくないことだったが、事実だった。理由は二つある。ひとつはマザコンだということだ。小さい頃、父親が海外に単身赴任していた時期があり、そんなつもりはなかったが母親との関係が濃密になった。まだ母親離れしていない。

客観的に見ても、母親は年齢よりはるかに若く見えるし、美人だった。母親のような女性でなければ嫌だというわけではないが、理想が高くなっているのは否めない。

仕方がないと思っているところもある。自分の世代にはよくある話だ。そんなに珍しいわけではない。女性とつきあわない原因のひとつではあるが、それほど大きなポイントではなかった。

むしろトラウマになっているのは、高校時代の体験だ。二年生の時、同級生の里砂《りさ》という女の子とつきあうことになった。向こうから告白してきたのだ。

里砂は学校のランキングでもベストスリーに入る美少女で、マンガよりマンガ的な展開だったが、ひそかに憧れていたこともあり、喜んでと返事した。交際が始まった。里砂は最初から積極的で、これは大変なことになるという予感があった。

交際が始まったのは二年生の一月で、それから半年間ラブラブな関係が続いた。毎日メールを数十回やり取りし、足りなければ電話もした。同じクラスだったから毎日会うし、登下校も一緒だ。三年になって受験を控える身になったが、そんなことはどうでもよかった。

夏休みを目前にして、いよいよ童貞を捨てる覚悟を決めた。その手の雑誌を死ぬほど読み、どうすればみっともなくないか研究に没頭した。経験のある同級生に話を聞き、インターネットでも情報を収集した。頭は知識でぱんぱんになり、いつでも大丈夫だという気持ちになった。

七月末、二人で一泊の旅行に行くことを決めた。二週間前から眠れなくなった。終わったら泣くかもしれない、と思った。

旅行前日、メールが届いた。別れましょう、とあった。あまりの唐突さに頭が真っ白になった。訳がわからない。どういうことなのか。

里砂の家まで行き、説明を求めた。出てきたのは里砂本人と、親友の青井《あおい》だった。二人は異常なまでに体を密着させていた。しばらく前からつきあってるの、と里砂は悪びれることなく話した。正直、雅也くんとは三週間で飽きていた。つまらなかった。本気になっているのがわかったので、怖くて別れたいとか言えなかった。青井くんに相談してるうちに、こういうことになった。

罪の意識はまったくないようだった。エッチもしているという。雅也はキスさえしていなかった。それから半年以上、人間不信で何もできなくなった。共通の友人も多かったが、彼らと話すことも嫌になった。卒業するまで毎日自殺を考えた。それが強烈なトラウマとなって、女の子とつきあうことができなくなっていた。

「ルックスだってねえ、別に悪くないし、まあまあオシャレだし、チビでもないし……どうして童貞なの？」

真由美がしみじみと言った。だから童貞じゃないって言ってるだろうと答えたが、鼻で笑われただけだった。

「無理すんなって。うち、別に童貞だからって馬鹿になんかしないよ。それも生き方だもん。だけど、玲子さんはちょっと難しいと思うけど」

「そんなんじゃないって言ってるじゃないか」

「男は玲子さんみたいな女を好きになるよねえ……やっぱうちも陰とかあった方がいいのかな？」

自問自答を始めた真由美を放っておいて、自分で水割りを作った。玲子に魅かれているのは本当だ。無理であることもわかっている。だが、自分ではどうしようもない。

年上に魅かれるのは大学時代からそういう傾向があった。マザコンも関係しているのかもしれない。好きになるのは年上の先輩女性ばかりだった。今後、どうすればいいのか。

真由美に相談しても良かったが、真面目に話しても冗談の種にされるのはわかりきっていた。恋愛相談をキャバ嬢にするというのもいかがなものか。

「……こないだの、パソコンを遠隔操作するソフトを会社の人間に見てもらったんだ」話を変えることにした。「凄い高水準の改造が加えられてるって。誰が作ったんだ？」

「大学生。遠藤《えんどう》旬《しゅん》っていうの。二十歳ぐらいの男の子だよ」

「オタク大学生か？」

「ちょっと違うみたい。しばらく前に社長が見つけてきたっていうんだけど、誰も会ったことがなくて。マンション住まいで、部屋から一歩も出ない。引きこもりじゃなくて、何か足に障害があるみたいなんだけど、よくわかんない。前にもパソコンの解析とか、そんな仕事をしてもらったんだけど……便利っちゃあ便利な子だよね」

「社長はどこからそんな奴を見つけてきたのかな？　だいたい、金城さんってどういう人なの？」

「それは大いなる謎よ」真由美が真顔で言った。「うち、本当は社長の歳知らないの。四十代だとは思うんだけど、はっきりとは聞いたことがない。聞いてる？」

「いや」

「どこに住んでるのかも知らない。ミニの四ドアに乗って会社に来てる。だけど探偵は乗せない。大学も四大出てるのかな……そういうことも一切言わないし」

「ミステリアスだな」

「探偵は十年ぐらい前からやってるみたい。だけど、始めたのは三十過ぎってことでしょ？　それまで何をしてたのかな。仕事はしてた？　あそこに部屋を借りるお金とか、どうしたんだろう」

「聞かれたって困る。わかるわけないだろ」

「異常に顔が広いのは確かだよ。警察はもちろん、防衛省にもコネがあるんだって。企業なんかは当然っていうか……だいたいのことは電話一本で済んじゃう。うちら、あんまり苦労しないでいいから楽だけど」

「ちょっと調べてみたんだけど、南青山骨董通り探偵社のホームページはすぐ見つかったよ。依頼用のフォームとかもあった。だけど、他に宣伝してるようには見えなかった。営業とかはしてるのかな？」

「わっかんないわあ。してんじゃない？　仕事を取ってくるのはうまいよ。経営者としてはかなり有能？　みたいな？　玲子さんに聞いたことあるけど、そこそこ儲かってるみたい」

「謎が多いね」

雅也は水割りを口にした。真由美が煙草をくわえる。似合わないぞと言ったが、無視して火をつけた。

「今いる探偵は、それぞれ社長が引っ張ってきた。採用の基準がよくわかんないんだけどね。まあ、誰でもいいのかも。うちを雇ってるぐらいだからねえ」

「そうだなあ」

「どういう意味よ」

真由美が煙を吹きかける。言葉のあやだ、と手で払った。

「じゃあ聞くけど、お前は何で働くことになったんだ？」

「まあねえ……女子大生だったわけよ、これでも」

「誰でもなれる時代だもんな」

「放っといてよ……その時、ちょっとヤバい水商売をしてた。うち、貧乏でさ。学費とかも稼がなきゃならなかったの。その店に、偉い人が客で来てて。偉いっていうか、政治家？」

「マジで？」

「知らないけど、そう言ってた。SPっていうの？　ガードマンも見たことあるし、本当なんじゃないのかな。それで、そいつがうちのこと気に入って……ちょっと面倒なことになった。ホント、ジジイって始末に負えないよね。まあ、うちが美人過ぎるからいけないんだけどさ」

「余計なことはいいから。面倒なことって？」

「それはちょっと言いたくない。とにかく、金城社長が助けてくれた。その店にはいられなくなって、代わりにここを紹介してくれて、そんなこんなで探偵社に出入りするようになった。人がいないから手伝ってくれって言われて、だんだんそっちの仕事もするようになって。意外と面白くてさ。他人の生活を覗き見する、みたいな？　結構楽しくなっちゃって、探偵もいいかなって。しばらくは続けてもいいかなって思ってるんだけど」

よくわからんなあ、と雅也は水割りを作った。いい加減飲み続けているので、かなり酔ってきている。注ぐ手が滑って、ウイスキーがこぼれた。もったいないことしないでよと真由美が言ったが、いいじゃん、とグラスを口に当てた。

それからどれぐらい飲み続けたのか、記憶がぷっつり途切れた。うっすらと、どこかのカラオケボックスで真由美とゴールデンボンバーを熱唱していたような気がするのだが、よくわからない。異様な夜だった。

14

痛《いて》え、と呻《うめ》いた自分の声で目が覚めた。意味不明の唸り声をあげて上半身を起こす。どこだ、ここは。

ピンクのカーテンが目に飛び込んできた。壁は打ちっぱなしなのか灰色のグラデーションが広がっている。小さなぬいぐるみがあちこちに並んでいた。UFOキャッチャーの景品だろう。肩までかかっていた毛布を剝ぎ取ると、それもピンクだった。寒い。何も着ていない。裸？

「あ、生きてた」暗がりの中で女が声をあげた。「いやー、ゼッタイ死んだって思ってたんですけど」

「お前……ここはどこだ？　何時？」体を動かした拍子に毛布が落ちた。「……マジか？　おい、見るな！　パンツは？」

毛布を体に巻き付けながら、痛え、と頭を抱えた。部屋の隅にあった冷蔵庫を開いた真由美が、ミネラルウォーターのペットボトルを持って近づいてくる。

「大丈夫？　バファリンあるよ。飲む？」

「ば、馬鹿、こっち来るな！　近よんな……止めてください」なぜか哀願口調になった。

「お願いです、離れてもらえませんか？」

真由美が頭痛薬を投げて寄越した。キャッチしようと手を伸ばすと、また毛布がずり落ちる。女のような悲鳴をあげて、雅也は毛布を頭からかぶった。

「ここは？　何をした？　どうして裸？」

「何もしてないよぉ」真由美が笑った。「井上くん、カラオケボックスで三回吐いたんだよ。覚えてない？」

「……覚えてない」

「大変だったんだから。放っといて帰ろうって思ったんだけど、それもどうかなあって、家まで連れてきてあげた。感謝してよ」

「……服はどこ？」

「枕元。意識はないし、臭いし、そのくせ、自分で勝手にうちのベッド入って、そのまんま……しょうがないけどさ」

「……あっち向いてくれ、パンツぐらいはかせろ」

「服は自分で脱いでたよ。あれ、その気なのかなって思ったけど、全裸になってまたベッドに倒れ込んで……あんまりそーゆーのやんない方がいいよ。うちはそんなに気にしない方だけど、ゲーゲー吐いた男がマッパでベッド入ってきたら、フツーの女は引くって」

「後ろ向けって！　こっち見んな！」手探りでパンツを取って、毛布の中で必死で足を通す。「……何かしたのか？」

「してないって」真由美が手を叩いて大笑いした。「いやあ、童貞もいいかなって思ったんだけどさ、完全に気を失ってるし、何も覚えてないっていうのもかわいそうだから止めといた。寝顔は可愛かったけどね。どうする？　今からする？」

「しねーよ！　馬鹿かお前は……痛……くそ、今何時だ？　ワイシャツは？」

「九時半」

「九時半？　冗談じゃないぞ、遅刻だ。いや、そうじゃない。不可抗力だ。事故だ」スマホはどこに、とジャケットのポケットを探る。「巻き込まれただけなんだ。こんな話、あり得ない」

「休めばぁ？　ここ、笹塚《ささづか》だし。会社、築地なんでしょ？　結構時間かかるよ」

そうはいかない、と無我夢中でスーツを着た。靴下、と真由美が床を指す。ベッドの下に落ちていた靴下を拾い上げ、素早く足を突っ込んだ。派手なメロディが部屋に響き渡った。

「あ、おはようございますう。どうしたんですか、社長。こんな朝っぱらから」

真由美がスマホにタッチして、スピーカーホンに切り替えた。金城のやや低い声が流れ出す。

「すまない。ちょっと手伝ってほしいことがある。わかったことがあってね。まず、細野が秘密に借りていたマンションを突き止めた」

「さっすがあ」

「神泉《しんせん》だ。本人名義だが、不動産屋を説得して学校にも妻にも一切話さないことを条件に借りている」

「そうなんだ」

「敷金を普通の二倍払って、納得させたようだ。電話会社を美紀くんが調べてくれた。細野に昨日メールがあった。水沢瞳からだ。前のメールとのつながりがわからないが、細野は水沢に会ってほしいと頼んでいたようだ。彼女は会うことを了解しているが、今日なのかどうかはわからん。どこでとか、そういうことも不明。君には青山栄川に行ってほしい。細野は徳さんと美紀くんが見張っているが、水沢瞳を監視してくれ。動きがあるかもしれない」

「オッケー」

「以上だ。何かあるか？」

「うちはないけど、井上くんがあるかも」

「井上？　今どこにいる？」

「ここ」

「どういうことだ？」

出る？　と真由美が顔を向けた。何でもないんです、と雅也はスピーカーホンに向かって喚いた。

「これは、その……誤解しないでください。騙されたんです。いや、痛え……頭が……何でもなくて。全然こんなキャバ嬢、ぼくはこういう水商売の女が……」

「プライベートには干渉しない。邪魔して悪かった」

電話が切れた。お前、どういうつもりだとスマホを払いのけようとしたが、会社はいいの？　と聞かれて我に返る。こんなことをしている場合じゃない。

「連絡しなきゃ……駅はどっちだ？」

「出て左？　運が良ければ行き着くんじゃない？」

覚えとけよ、と吐き捨てて玄関を飛び出した。ネクタイを首に引っかけたまま走りだす。シャレになんないって、とつぶやいた。

15

会社に着いたのは十一時前だった。九時半過ぎに上司には連絡を入れ、嘘八百を並べ立てたので怒られることはなかったが、何か妙だと思っているのは明らかだった。

同僚たちはいつものように無視を決め込んでいたが、むしろありがたかった。放っといてほしい。デスクに向かって書類仕事をしていると、昼十二時ちょうどにスマホが鳴った。金城からだった。

「君を見直した。なかなかやるじゃないか」小さく笑ってから本題に入った。「細野に動きがありそうだ。勘だが、そんなに外したことはない。自宅は立木が見張っている。神泉にマンションを借りているのは聞いたな？　そっちは玲子くんが行ってる。学校には徳さんをやった。水沢瞳という女生徒には真由美くんがつく。田代刑事にも状況は伝えた。犯罪が起きるかどうかはわからないが、防げるならそれに越したことはない。一応、手は打ったつもりだ」

「はい。ぼくはどうすれば？」

「仕事が終わったら、神泉へ行って玲子くんと合流してくれ。今、彼女がマンションとその周辺を調べている。何かあったら一人じゃどうしようもない」

「わかりました」

「細野と水沢瞳が今日会うかどうかはわからない。調査中だ。会うとしても、何が起きるかはわからん。またレイプでもしようというのなら止めなければならない。だが可能なら決定的な証拠が欲しい。見張るのは当然だが、ぎりぎりまで介入するな。田代刑事に引き渡したい」

「わかりました」

「それはそれとして、個人的な見解だが社内恋愛を禁止するつもりはない」金城の声が低くなった。「スタンスとしては、若者の恋を応援したい。だが、あまり速い展開はどうだろうか？　古いことを言うようだが、いきなり彼女の部屋に泊まるというのは……きちんとした交際期間を経て――」

「そんな……違います。聞いてください、ぼくははめられたんです。あいつは……」

唐突に電話が切れた。くそ、とスマホをデスクに放り投げる。そんなんじゃないんだってば。

16

五時半になるのを待って会社を飛び出し、神泉に向かった。あまり行ったことはないが、メールで地図が送られてきていたので、細野の隠しマンションはすぐわかった。駅から徒歩で十分ほど離れた閑静《かんせい》な住宅街にある。外観を見る限り新しいようだが、これといった特徴のない建物だった。

セントラル・マンションというプレートを確認してから、通りを挟んだ向かい側にある小さな公園に入る。そこに玲子がいると聞いていた。捜すまでもなく、奥まったところに一本だけあった楓《かえで》の木の脇に立っているのを見つけ、お疲れさまです、と声をかけた。

「ああ、来たんだ」

玲子が少し陰のある笑みを浮かべた。あのマンションですね、と指さす。四階、とうなずいた。

「四階の406号室。あそこの端。エレベーターとは反対側」

「何か……わかりましたか？」

「不動産屋へ行った。あのマンションを借りたいって言って話を聞いたの。学生とか、独身サラリーマンが借りる部屋だって。1Kタイプとか言ってた。広くはない。家賃を聞いたけど、この辺にしては意外と安いのね。八万ぐらいだって」

「それぐらいだったら、学校の先生でも払えますかね。他には何か？」

「特には。みんなから連絡があった。細野は六時ぐらいに学校を出てる。徳吉さんがつけてる。水沢瞳はとっくに出たって。三時半ぐらいに真由美ちゃんから電話があった。近くまで歩いて、通りかかったタクシーに乗ったそうよ。最近の子はどうして歩くのが嫌いなの？」

「わからないですけど……今、六時半？　あいつからその後連絡は？」

「あいつって、真由美ちゃん？　ああ、そうね、そういう呼び方してるのね」聞いたよ、とウインクした。「いいなあ、若い子は」

「ち、違います。ぼくはあんな……ああいう品のない子には興味が持てなくて……もっと知的で、大人な女性が……」

「何ぶつぶつ言ってるの？」

「いや、その……あの、細野と水沢瞳は会うんですか？」

「まだわからない。美紀ちゃんが電話会社に張り付いてる。連絡を取ればわかるはず。電話だと内容は聞けないけど、メールだったら文面を読める」

「そんなことできるんですか？　それって犯罪なんじゃ……」

「システムの中に入り込んでしまえばメールぐらい読めるわ。犯罪かもしれないけど、もっと悪い犯罪を防ぐためだもの、仕方ないんじゃない？」

電話が鳴った。出た玲子が、わかった、とうなずく。

「立木くんよ……細野が自宅に帰ったって」

「……そうですか」

「うん、うん……じゃあ、徳吉さんとそこで見張る？　そうだね、その方がいいかも……わかりました。動きがあったら知らせてください。それじゃ」

電話をしまった。学校から細野を尾行していた徳吉と立木が合流したらしい。二人で家を見張るのだろう。

それからしばらくマンションを監視した。神泉駅からここまでは一本しか道はない、と玲子が説明した。小さな商店街を抜け、そこから入ってくるしかないと言う。目の前の通りを歩かなければマンションには行き着けないとわかったので、細野が通れば見逃す可能性はほとんどないようだった。

必要なことを話し終えると、玲子は口をつぐんだ。お喋りでないことはわかっている。雅也はうるさい女が好きではない。物静かな女性に魅かれる性格だった。

ただ、二人きりでいて何も話さないのはどうだろうか。玲子と一緒にいることが嬉しいのだが、うまく表現できない。それでなくても女性と話すのが苦手で、好意を持っている女性に対しては特にそうだ。気の利いたことを言いたいと思いながら、ためらうばかりで何も話せない。二時間以上そんな状態が続いた。

玲子は黙ったままじっとマンションを見ている。食事はどうしましょうかと聞いたが、ここを離れることはできないと言われ、そうですよねと情けない笑みを浮かべた。さんざん迷った末、金城社長ってどういう人なんですかと聞いた。他に話題を思いつかなかった。

「社長は……社長よ」

玲子が答えた。そりゃそうですがと言うと、また黙る。数分沈黙が続いた。

「……人殺しよ」

つぶやきが漏れた。何のことなのか。雅也は顔を斜めにした。

「……金城社長が？　どういう意味ですか？」

玲子は何も答えず、代わりに時計を見た。九時を回っていた。スマホの画面に触れ、電話をかける。

「……立木くん？　動きは？　なさそう？　今日は動かないのかな……真由美ちゃんとは話した？　水沢瞳って子は？　そう……わかりました。うん、そうね。そうしましょう」

電話を切った。細野も水沢瞳も動きはない、とつぶやく。

「ここにいても仕方なさそうね。帰ろう」

「……はい」

無言でバッグを肩から下げ、歩きだした。従うしかない。暗い道ね、と玲子がつぶやいた。

17

翌朝、出勤途中の地下鉄の中で電話が鳴った。すいませんすいません、と周りに頭を下げながら出ると徳吉だった。

「今、電車なんですが……」

「わかった。聞くだけ聞きなさい。細野が学校に来ていない」

「はい？」

「返事しなくていいから……水沢瞳は登校している。細野は届けを出していないらしい。

無断欠勤だ」

「どうやってそれを知ったんです？」

「盗聴器をちょっとね……あんまり聞いちゃいかん。今までこんなことはなかったようだ。主任だか教頭だかわからんが、本人や自宅に電話している。出ないようだ。事故じゃないかと言ってる者もいる」

「それって……」

「まだわからない。細野は昨夜七時頃帰宅し、十時まで見張っていたが動きがなかったのでとりあえず帰った。さっき立ちゃんと話したが、今朝行ってみるとどうも家にいないらしい。夜出て行ったということなのか……」

「どこへ？」

「わかりゃ苦労しない。ちょっと風向きが変わり始めている。知らせておこうと思ってね」

「すいません」

「そっちはそっちで本業頑張ってくれ。ちゃんと働けよ」

電話が切れたところで地下鉄が東銀座駅に着いた。会社のひとつ手前だったが構わず降りた。ホームから玲子に電話する。出ない。留守電につながるだけだ。そのまま会社に電話すると、出たのはデスクの先輩女性社員だった。急病で休みます、と一方的に宣言した。

「熱がひどいって部長に言っといてくれますか？　今朝測ったら四十二度あったんです。悪寒がして、震えが止まりません。今から病院へ行きます。下血もあったかな？　重病かもしれません。また連絡します」

適当なことを並べ立てて電話を切った。階段に向かって駆けだす。降りてくる通勤客をかき分けるようにしながら、雅也はしゃにむに前へ進んだ。

18

地下鉄を乗り継いで神泉駅に着いたのは十時少し前だった。昨日歩いた道を全速力で走る。あっと言う間に汗が滲んできたが、どうでもよかった。

昨日玲子と一緒にいた公園に駆け込み、辺りを見回す。誰もいない。スマホを取り出して電話をかけた。また留守電だ。玲子はどこにいるのか。

迷いはなかった。マンションのエレベーターで四階へ上がり、４０６号室の前へ走る。後先考えずにチャイムを何度も押した。応答はない。ドアを素手で叩いた。

「すいません、細野さん、いますか？　宅配便です。細野さん？」

誰も出ない。鍵がかかっている。通路に面した窓は磨りガラスで中は見えない。最後にドアを思いきり蹴飛ばしてから階段を駆け降りた。どうするか。

マンションの裏手に廻った。訳のわからない不安が胸を締め付けている。何かが起きている。予感があった。

壁に排水用のパイプがあるのを見つけ、手をかけた。登れるだろうか。両手両足を使ってしがみつく。パイプはボルトで固定されており、体を支えてくれた。

誰かに見られたら一発で警察行きだと思いながら登り始めた。意外に怖くない。ボルトはしっかりしており、足場として十分に頑丈だった。

十メートルほど登りきり、四階まで上がった。フェンスを乗り越える。ベランダ。狭い空間に立って、部屋を覗き込んだ。六畳ほどの部屋だ。レースのカーテン越しに、倒れている玲子を見つけた。

「玲子さん!」

呼びかけたが返事はない。窓を叩く。動かない。迷わず、勢いをつけてガラス窓を蹴った。割れない。くそ、と吐き捨てて何度も蹴る。

ガラスにひびが入り、小さな穴が開いた。スマホをポケットから出し、逆手に握って叩きつける。五回目で細かくなったガラスの破片が飛び散った。強引に手を突っ込んでロックを外す。窓が開いた。

「玲子さん！」

駆け寄る。横向きに倒れているその顔に血の気はなかった。すいません、ともごもご言い訳をしながら心臓に耳を当てる。鼓動。生きている。

怪我をしているわけではないように見えた。スマホの画面に触れて一一九と番号を押し、救急車を！　と叫ぶ。

「意識不明の女性がいます。いや、何でかって言われたって……わからないですよ。いいからさっさと救急車を！　住所？　渋谷の神泉の……正確な住所を言えって？　知らないって。何とかしてくださいよ。死ぬかもしれないんだ！　死んだらあんたらのせいだからな！」

玲子が薄目を開けて、また閉じた。後頭部にかすかだが血の跡がある。殴られたのだろうか。

「だから住所はわかんないって。マンション……セントラル・マンションって言ったっけ？　四階の４０６号室。細野って男が住んでるはずだけど、後のことは……電話はこのままに？　言われなくたってそうしますよ！」

部屋を見回していた雅也の視線が止まった。フローリングの床に、小さなナイフが落ちている。刃に赤い染みがついていた。

「急いでくれ！　わかんないけど、刺されてるかもしれない！　早く来てくれ！」

叫びながら居室の扉を押し開いた。キッチンにつながっている。間取りは1Kらしいと昨日玲子が言っていたのを思い出した。左右を見たが、何もない。広いわけではなかった。三畳ほどか、もう少しあるかもしれないが、捜すような場所はない。

玄関脇にドアがあったので開いた。トイレ。何もない。辺りを見回す。反対側にもう一つドアを見つけた。浴室だろう。似たような部屋に住んでいたことがあった。

ドアを開けようとしたが、中から鍵がかけられていた。押したり引いたりを繰り返す。それでも開かないので、体ごとぶつかっていった。頑丈ということはなく、何かが割れる音がしてドアが開いた。中に倒れ込む。

狭い浴室だった。立ち上がった雅也は、吐きそうになって口を手で押さえた。バスタブの中に男がいた。海老のように体を曲げ、両手で腹を押さえている。手が真っ赤に汚れていた。血だ。

「男がいる！」スマホに向かって叫んだ。「風呂場、バスタブの中！　たぶん死んでる！　刺された？」

首だけを伸ばして男を見た。呼吸をしていない。

「早くしてくれ！　ぼく？　ぼくは誰かって？　そんなねえ、そんなこと……いや、その、何て言うか」

とにかく急いでくれと怒鳴って電話を切った。どうする？　逃げる？　いや、玲子がいる。そんなわけにはいかない。

おそらく、とバスタブの中の死体を見た。これが細野という男なのだろう。誰かに刺し殺されたのだ。素人だってそれぐらいはわかる。

誰が？　まさか玲子が？　そんな馬鹿な。どうすればいいのかわからないまま、金城に電話した。

「社長、井上です。大変なことに……細野が死んでます。玲子さんが倒れていて……」

落ち着け、と金城が言った。そりゃ無理です、とつぶやきながら早口で状況の説明を始める。どこか遠くで救急車のサイレンが鳴っているのが聞こえた。

Part3

1

閃光《せんこう》。続けざまに音がして、雅也は振り向いた。

狭い室内に警察官が溢れていた。十四、五人いるのではないか。制服もいれば私服の刑事もいる。鑑識《かんしき》なのか、濃紺のジャンパーを着た男たちもいた。

救急車は五分ほどで到着していた。雅也も一一〇番通報していたが、救急から警察に連絡がいっていたらしい。すぐに制服警官が来て現場を確認したが、十分も経たないうちに刑事たちもやってきていた。

救急隊員が手当てをしようとした時、玲子は意識を取り戻した。頭痛を訴えたので頭部を見ていた救急隊員が、裂傷がありますと言った。

「頭の右側……後ろの辺りですね。鈍器状のもので殴られたんでしょう。切れてます。ですが、深くはない。数針縫《ぬ》うことになるでしょうが、意識もはっきりしているし、言語障害もない。心配しなくていいと思いますが、とりあえず病院へ運びましょう」

そうしてください、と雅也はうなずいた。あたしは大丈夫です、と立ち上がった玲子が言ったが、そういう問題ではないでしょうと座らせた。

だが、来ていた刑事の一人が細野の死体を見て、話を聞かせてもらいたいのですがと玲子に言った。怪我人なんで後にしてくださいと雅也が言うと、とにかく上の人間が来るまではここから動かないでほしいと言われ、拒否しているところに捜査一課の黒井《くろい》と名乗る刑事がやってきた。現場捜査の指揮官で、警視だという。よく知らないが、相当立場は上のようだった。

「お嬢さんに事情を聞きたい。協力してもらおう」

濃い茶色の上等なスーツを着た黒井が高圧的に言った。冗談じゃない、と雅也は叫んだ。

「そんなことは後でいいじゃないですか！　彼女は怪我をしている。頭だ。何かあったら……」

「あんた……前に会ったことが？」雅也を無視して、黒井が玲子を見た。「どこだったかな？　何かの事件で会ってる？」

玲子が顔を背ける。名前と勤務先を、と黒井が低く言った。

「朝比奈……玲子です。探偵社で働いています」

「探偵社？　どこの？」

「……南青山骨董通り探偵社です」

「南青山骨董通り……金城の？」

雅也は驚いた。金城の名前が出てくるとは思っていなかった。知っているのだろうか。

「そりゃあ、きちっと事情を聞かないとな。あんた、朝比奈さん？　ここで何をしていた？　何があった？」

「それは……」

口を開きかけた玲子が、頭が痛いと顔をしかめる。そんなのは通じんよ、と黒井が唇を歪めて笑った。

「俺のことは知ってるはずだ。美人に騙されると思ってる？　そんな間抜けじゃない。どうする、ここで話すか？　警察までご同行願えますか？」

玄関から怒鳴り声が聞こえた。勝手に入るな、と制止する鋭い声がしたが、振り切るように金城が飛び込んできた。

「社長！」

「あんたか……まったく、困ったもんだ」黒井が耳に小指を入れた。「殺人現場だ。部外者は出ていってもらおう」

「彼女と、その青年の雇い主です、黒井警視」金城が言った。「部外者じゃない。関係者だ」

「何が関係者だ。出ていけ、探偵風情が関わる事件じゃない」

「弁護士を呼んでいます。到着するまでは出ていかない。社員を守るのは社長の義務です」

睨みつけていた黒井が、邪魔はするなと釘を刺して玲子に向き直った。金城が小さく息を吐いたのを見て、雅也は首を捻った。金城も苦手にしているようだ。何か過去にあったのだろうか。どういう関係なのか。

黒井という警視が面倒な相手であるのはわかる。一筋縄ではいかない男であることは明らかだ。だが、金城が困惑した表情を見せるのは初めてで、どういうことなのかわからなかった。

若い刑事が近づいてきて、こちらへ、と囁いた。黒井が浴室へと歩を進める。

「……腹部を刺されています」若い刑事がバスタブの中を指した。「刺し傷は一カ所のようです。検視官の所見では、死因は出血多量によるものではないかと」

「他殺で間違いないな?」

「おそらくは……ですが、自殺の可能性も残っています。傷の位置は自分でも刺すことができる場所です。キッチン、居室、この風呂場に争った形跡はありません。解剖すればはっきりしますが、死んだのは深夜十二時から二時ぐらいの間と思われます」

こいつは壊れてるな、と黒井が浴室のドアを揺する。彼がやったようです、と刑事が雅也を指さした。

「あんたが第一発見者らしいな。名前は？」

「井上です。井上雅也」

「奴のところの？」

黒井がしかめっ面で金城に目をやる。一応と答えると、どいつもこいつも、と吐き捨てた。

「そもそもお前は何でここへ……？　いや、それはいい。どうせ嘘をつくに決まってる。こんな場所で聞いても始まらん。このドアを壊したかどうか、それだけ聞こう。お前がやったのか？」

「はい」

「鍵はかかってたんだな？　間違いないか？」

「かかっていました」

薄っぺらい、と黒井がドアを叩いた。

「ちゃちな鍵だ。二、三回蹴ったか？　それぐらいで十分だったろう。とはいえ、一応鍵の役割は果たしていたようだが」

もういい、と犬を追い払うように手を振る。外から入ってきた二人の刑事が近づいてきた。

「住人に話を聞きましたが、難しいですね……不在の家も多いです。全部で四十部屋ほどですが、半分もいませんでした。夜にでももう一度来なきゃならんでしょうな」

痩せた刑事が報告する。一歩前に出た顔色の悪い刑事が話を引き取った。

「隣の住人がたまたまいましてね。ラッキーでしたが、収穫は……大学生です。昨夜は家にいたそうですが、物音などは聞いてないと。十時過ぎには酔っ払って寝ていたとか」

「ガキは使えんな」

「廊下に目立つ足跡などはありません。一階の住人にも何か見ていないか聞きましたが、特に何も……エレベーターの正面の部屋の住人によれば、エレベーターは夜中でも誰かが使うそうで、物音はしていたが気にはならなかったと。もちろん、わざわざ外を見たりもしていません」

「何もわからんか」

「不動産屋に確認しましたが、このマンションは五年前に建てられたものです。近くに大家が住んでいますが、なかなかのケチだそうで、建てるに当たって必要以上の設備はつけていません。防犯カメラもそうで、マンションには設置されていないんです。住人も学生など独身の男が多いようで、別に不満は出ていなかったそうですが」

「交番の警察官が見回っていたりはしなかったか？」

そううまくはいきません、と二人の刑事が同時に肩をすくめる。そりゃそうだ、と黒井が苦笑した。

「そんな都合のいい話はないよな。さて、お嬢さん、お待たせした……わかったよ、そんな顔するな。ひとつふたつ聞くだけだ。どうしてこうなったのか、俺が納得いくように話せるか？」

「ある依頼があって、この部屋の住人を見張っていました」玲子がゆっくり唇を動かした。

「どんな依頼か、依頼人は誰なのか、それは話せません。守秘義務があります」

「探偵の守秘義務なんて、犬に食わせろ……まあいい、続けろ」

「昨日は終日マンション近くにいました。通りの向こうに小さな公園がありますけど、そこにいたんです」

「そんなものもあったな」

「九時まで監視を続けましたが、人の出入りがなかったので諦めて帰りました。でも、どうしても気になって十一時頃戻ってきました。正確ではありませんが、一時間以上見張っていました。いきなり背後から殴られて……襲ってきた人間の顔は見ていません。抵抗とか、そんなことはとても……目の前が真っ暗になって、その後のことは何も……気がついたらこの部屋にいました。それ以外何も覚えていません」

「へえ。ほお」首を二度振った黒井が、本当か、と聞いた。「まったく覚えてないと?」

「はい」

黒井警視、と鑑識の男が声をかけた。同時に救急隊員が、彼女を病院へ連れていきますとはっきりした口調で言った。刑事をつける、と黒井が鼻をかんだ。

「手当てが終わったら警察に来てもらう。そんなに傷が重いようには見えん。いいな?」

「診てもらわなければ答えられません」

「おい、お前、一緒に行け」黒井が一人の刑事に命じた。「見張ってろ。目を離すな……何かあったか?」

大股で鑑識に近づいた。行きましょう、と救急隊員が促す。玲子が頭を押さえながら小さくうなずいた。

2

「君はあのマンションで何をしていたのかな？」

小さな机の向かい側に座っていた三十代の男がにこにこ笑いながら言った。いやその、と雅也は頭をがりがり掻いた。

玲子が去ってから一時間ほど経ったところで、事情を聞きたいと刑事の一人に言われた。態度は丁寧だったが、明らかに命令だった。金城は玲子と共に病院へ行っていて、相談することもできない。言われるままパトカーに乗せられ、渋谷署に直行した。

取調室に連れていかれ、すぐに目の前の刑事ともう一人二十代後半くらいの茶髪の男が入ってきた。茶髪も刑事だという。ヤンキー上がりにしか見えなかったが、茶髪はドア近くの更に小さなデスクに座るだけで何も言わなかった。若林《わかばやし》と名乗った三十代の男が雅也の担当のようだった。

「話してくれないかな。何も難しいことを聞いてはいないだろ？　なぜあそこにいたのか、まずそれを教えてくれる？」

「ちょっと、その、事情がありまして……説明すると長くなるし、微妙な問題で……」

「だから話を聞きたいと言ってる。長くなったって全然構わないよ。今日は暇でね。ゆっくりやろう」

お茶飲むかい？　とフレンドリーに聞いた。いただけるんなら、とうなずく。茶髪が出ていった。

「さあ、話して。警察は善良な市民の味方だよ。ドラマなんかじゃ悪者だけど、あんなのは嘘さ。どうぞ、始めて。話しやすいように話しなよ。こんがらがったっていい。整理するのがこっちの仕事さ」

「その、探偵社でちょっと……バイトっていうか、手伝い？　みたいな？　まあ、そんなことを」

「無職なの？　フリーター？　世の中、大変だよねえ」

若林がうなずく。実際にはトヨカワ自動車の社員だが、なるべくそれは言いたくなかった。

「そうですね、まあ、そんな感じで……でも、入ったばっかで何もわかんないんすよ。本当に……一週間ぐらい前？　そんなもんなんです」

おもねるような笑みを浮かべた。そうなんだ、と若林も笑顔になる。

「倒れてた女の人、いたじゃないですか。あの人のアシスタントをやってて。今朝連絡したんですけど、電話に出なくて……あのマンションを見張ってたのは知ってましたから、心配になってちょっと様子を見に……」

「昨夜は自宅にいたって言ってたよね？」

「そうです。十時か十時半か、それぐらいに帰って……夜中に腹減って牛丼屋で牛丼食って、それから寝ました。何も悪いことなんか――」

「してないよねえ。そんなふうには見えないよ。それで？　朝、神泉に行った？　彼女とは連絡取れなかったんだよね？　あの部屋にいると思った？」

「いや、そこまでは……表のドアが開かなくて、中も見えないし……裏に回って、上まで登りました。あの人が部屋にいるかもしれないって思ったんで」

「それってさ、犯罪だよ。建造物侵入」

「すいません」

「逮捕しちゃおうか？　懲役二年ぐらいだと思ったけどな。どうする？　前科持ちになっちゃう？」

「いや、それは……勘弁してくださいよ。悪気があったわけじゃない。事故でもあったらって思って……」

「てめえ、なめんなよ！」いきなり若林が机を蹴り倒した。「犯罪は犯罪なんだよ！　勝手に他人の家を覗くなんてどういうつもりだ？　痴漢でもするつもりだったか？　何をする気だった？　ぶっ飛ばすぞ！」

「すいませんすいません」椅子から飛び降りて土下座した。「そんなんじゃないです。マジで。マジで何も……」

「吐けよ、全部！　洗いざらい吐け！　何をしてた？　探偵の仕事だ？　ああ？　どんな仕事だ？　言ってみろよ！」

「ぼ、ぼくは犯罪者じゃない。倒れていたあの人を救おうとしただけで……善良な市民としての義務を……」

「てめえなんか善良なわけねえだろ、ゴミが！　税金払ってんのか？　一丁前のことを言うんじゃねえよ！　てめえがあの男を刺したんじゃねえのか？　ああ？　どうなんだ？」

手に紙コップを持った茶髪が入ってきた。様子を見て、ひと言ふた言耳打ちする。そうですか、と神妙にうなずいた若林が紙コップを受け取って一気に飲んだ。

「まあ、座ってくださいよ……あれ、机が倒れてる。どうしたのかな？　おかしいですよね、こんなの。立って立って」

机を起こして、雅也を座らせる。何があったのかわからないまま茶髪を見ると、紙コップを渡された。

「あなたの言っていた通り、深夜一時過ぎ、自宅近くの牛丼屋で食事していたことが確認されました。店の監視カメラに映っていたんです」茶髪が事務的な口調で言った。「あなたの証言に嘘はないようです。少なくとも殺人に関与していないのは間違いありません。それを踏まえてご協力をお願いします」

「……何を言えと？」

「あの部屋で何を見たか、何をしたか。気づいたことがあればそれも話してください。時間はあります。じっくりお考えください」

それだけ言って、茶髪が小さな机に向かう。若林が楽しそうに笑いながら、どうぞお話しください、と片手を差し出した。

3

四時間以上取り調べを受けた。嘘は言わなかったが、細かい話をするように求められてものらりくらりとはぐらかし続けた。時間が長くかかったのはそのためもあった。

ただ、警察が雅也個人を疑っていないことはわかった。茶髪が言った通り、細野を殺した犯人と考えているわけではないようで、どうやら他にも雅也のアリバイを証明する人間がいたらしい。

疑っているのは玲子で、玲子が何をしていたのか、詳しい事情を知りたがっていた。アルバイト身分なのでよくわからないと繰り返し言い続けていると、もういいでしょう、と茶髪が言った。二人の刑事の関係がよくわからなかったが、どうやら茶髪の方が立場的には上らしい。年齢はどうなっているのだろうと思ったが、解放されるとわかってほっとした。

また来てもらうことになるでしょうと言った茶髪が、帰っていいですよとドアを指さした。どうもすいません、と頭を下げて取調室を出た。

渋谷署にいることはわかっていたが、取調室が四階にあるということしかわからなかった。来た時は興奮していて、順路を把握していなかったのだ。エレベーターを捜して下に降りようとしたが、階段しか見つけられなかった。まあいいやと思ってひとつフロアを降りたところで、聞き覚えのある声がした。目を向けると、金城が早口で話していた。

「……朝比奈玲子を解放してほしいんです、黒井警視」金城が相手を見つめた。「彼女は怪我している。まだ手当ても済んでいない」

「病院とは話した。二針縫ったってな。たいしたことはない。レントゲンや脳波もチェックしたが、問題ないだろうって言ってた。何かあったらすぐ病院へ戻す。警察でも簡単な手当てはできる」

「彼女は事件とは無関係です。弁護士にも意見を聞いたが、状況から考えてその通りだと言っている。彼女をここに留めておくような根拠はない」

「参考人だよ。俺の中ではもうちょっと違う意味合いもあるがね。任意ということで、じっくり話を聞かせてもらう。不審なところがあるのは弁護士だって誰だって認めるさ」

「彼女は巻き込まれただけです。あの部屋にいたのは……」

「あの部屋にナイフが落ちていた」黒井がぼそりと言った。「あんたも見たか？　彼女のすぐ横にあった。血がついていた。調べたが、細野って言ったか？　殺された男のものだった。もうひとつ教えてやるが、指紋は出ていない。ふき取った跡があったよ」

「彼女は殴られて意識不明だった。ナイフなんか知りませんよ。真犯人が置いていったんじゃ……」

「真犯人？　そりゃなかなか難しい問題だ」黒井が指を一本立てた。「マンションの部屋の玄関には鍵がかかっていた。お前のところの若いのがそう言っている。間違いないようだ。出入り口は他にない。あるとしたらベランダだけだ。だがあのガキは窓を割って入っている。ロックされてたってことだ」

「それは……そうかもしれませんが」

「誰も出入りできなかったんだ。マンションの住人に話を聞いたのは知ってるな？　深夜、犯行時刻に物音を聞いた者はいないようだ。防犯カメラはないから断言はできないが、誰かが出入りしたと思われる節はない。だが細野は殺されている。部屋にはもう一人いた。あの女だ。犯人だとは言わない。だが何か知っていてもおかしくない。事情を聞くのは当然のことだ」

「彼女は何も知りませんよ」

「そりゃ憶測だろう？　何もはっきりしたことはわかっちゃいない。話を聞かせてもらうさ。放っておいたら俺が職務怠慢で怒られる。怪しいとか疑わしいとか、そんな呑気な立場じゃないぞ。犯人じゃないって言うんなら、それを証明する義務がある」

「殴られて、意識を失っていたんです」金城がゆっくりと言った。「何もわからなかった。何も見ていない。話せることなどありません」

「じゃあ俺が話そう。こういう考え方はできないか？　まず、時間は不明だが、細野がマンションのあの部屋に戻った。まだ調べが済んだわけじゃないが、細野っていうのは学校の先生なんだって？　自宅もあるらしいじゃないか。何のためにあんなマンションを借りていたのかね……まあ、それは後にしよう。とにかく戻った。朝比奈さんはそれを見ていったんじゃないのか？　公園で襲われたというのは嘘で、本当は細野の部屋を訪ねていったんじゃないのか？　何か話があった？」

「彼女は依頼を受けて細野の行動を監視していただけです。話すことなんてない」

「ああそうですかって、うなずく刑事なんていないよ……話があったのかなかったのか、それは本人に聞くしかないだろう。とにかく続きを聞けよ。細野は彼女を家に上げたんじゃないか？　あんな美人が話があって来たと言えば、男なら部屋に入れるだろう。そこで言い争いになった？　手が出た？　発見されたナイフは細野本人のもので、他の包丁類とセットで買ってたようだ。高いもんじゃないけどな」

「それが何か？」

「彼女は部屋の中にあったナイフで細野を刺した。教えてやるが、細野は即死じゃない。重傷だったが動くことはできただろう。浴室に逃げ込み、そこで出血多量のため死んだ。彼女が公園で誰かに襲われたっていうのは怪しい話だ。自分で床に倒れ込むとかして、頭を打ち付けたんじゃ？　巻き込まれた第三者だと装ったのかもしれん。ナイフに指紋はついたが、それを拭うぐらいの知恵はあっただろう」

「本気でおっしゃってるなら、いい医者を紹介しますよ。馬鹿らしいと言う気にもなれない。すべて憶測で根拠は何もない」

金城が嚙んで含めるように言った。そうかい？　と首を傾げた黒井に、思い込みもはなはだしい、と指を立てる。

「玲子くんが細野の部屋を訪れたという証拠は？　見た者はいない。深夜に知らない女がやってきて、話があるから部屋に入れてくれと言ったとして、本当に招き入れる人間がいる？　細野は四十歳だ。学校の教師で、人並み以上の判断力はあったでしょう。そんな非常識なことをするはずがない」

「それで？」

「玲子くんには細野に聞きたいことなどなかった。仕事で見張っていただけです。それ以上のことをする理由はない。個人的にはお互い知らない相手なんです。仮に部屋に上がったとしても、そこで争いなど起きるわけがない。恨みどころか好悪の感情さえない相手を、なぜ刺すんですか？」

「お前さんたちが細野の何を調べていたのか、それを言ってくれなきゃ二人の関係はわからんよ。何があったか知れないじゃないか。例えばだが、彼女が調査の過程で個人的な情報を手に入れ、それを理由に脅かしていたら？　探偵のモラルなんて俺は信じない。お前らにそんなものはない」

「それは先入観です。警視の推理には証拠も根拠もない。妄想に近い。そんな理由で玲子くんの身柄を押さえようとするのは不当です。人権侵害に当たる。今すぐ釈放してもらいたい」

「ではひとつだけ聞かせてもらおう。細野の部屋の鍵は誰がかけたんだ？」

「……細野では？」

「何のために？」

「それはわかりませんが」

「彼女かもしれない。細野を刺したが、浴室に逃げ込まれた。細野は浴室のドアに自分で鍵をかけている。中には入れなかった。部屋の鍵は中からかけられていた。鍵は細野のズボンのポケットにあったよ。部屋の鍵をかけることができたのは細野か彼女だけだ。細野に鍵をかける理由はない。彼女がかけた可能性がある」

「それこそ何のためです？　玲子くんに鍵をかける理由なんて……」

「その通りだよ。だから話を聞く必要がある。すべて事実なのか、全部嘘なのか、部分的に嘘をついているのか。はっきりさせなきゃならん。彼女をここから出すわけにはいかない」

宣言するように言った。その目を見つめていた金城が、弁護士と話します、と言ってその場を離れる。蔑《さげす》むような笑みを浮かべていた黒井が通路を去っていった。雅也は金城を追いかけた。

4

「何だ、君か……取り調べは終わったのか？」

「どうにか……何とかごまかしたつもりですけど」雅也は金城と肩を並べて通路を歩いた。

「具体的なことは何も話してません」

「そうか、よく頑張ったな」金城が肩を叩く。「まあ、状況的に言って君は完全な第三者だ。それほど突っ込んだ追及はされないと思っていたよ」

「あの黒井って男は何なんです？」

通路の端で金城がエレベーターのボタンを押した。

「ザ・刑事だ」

「ザ・刑事？」

「うちの探偵社はどんな依頼でも引き受ける。依頼主の利益のために動く。当然だが、警察とは利害が反する場合がある。うまく切り抜けているがね。警視庁にはパイプがある。よほどのことがなければ見逃してもらえる」

「そうなんですか」

「こっちも警察には協力してるんだ。入手した情報を渡すこともある。依頼主の利益を損なわない限り、喜んで手から足から貸すさ。必要なら犯人逮捕のフォローだってする。敵対したいわけじゃないんだ」

「そりゃあ……そうでしょうけど」

「我々は非合法的手段を取る場合もあるが、法律を無視するつもりはない。警察とは暗黙の紳士協定がある。いい関係なんだ」

エレベーターが開いた。乗り込んで、一階のボタンに触れる。

「お互い様だとわかっている。うまくやってるんだ。だが、黒井警視は違う。彼は外見はゴリラに近いが、キャリアなんだ。有能な捜査官でもある。珍しいタイプの警察官といえるだろう」

「キャリアって、上級公務員ですよね。警察官僚ってことですか？　どうしてそんな人が殺人の現場に？」

「学閥ってやつだ。彼は東大じゃない。北大と聞いているが、出世コースからは外れている。刑事として有能なのは事実だが、それが災いして上と揉めたこともあって今は干されている。だが、本人は出世を諦めていない。キャリアアップを狙っている。そのためには検挙率を上げることが早道だと考え、実行しているんだ」

エレベーターが一階に着いた。出口に向かって金城が歩きだす。

「もともと、刑事としての才能はある男だ。勘もいいし、怪しいと思えば迷わず動く行動力もある。権限もある。法律にも詳しい。出世が奴のモチベーションで、それ以外に私心はない。事件を捜査し、犯人を逮捕する。余計なことは考えない。ちょっとしたターミネーターだと思えばいい。取引のできない男なんだ。ギブアンドテイクという言葉の意味を知らない。優秀な刑事ということになるんだろう」

「……前にも、何かあったんですか？」

「十年探偵をやっている。浮気調査ばかりが仕事じゃない。年に一度や二度はトラブルにも巻き込まれる。黒井とはそういう現場で何度か顔を合わせたことがあってね。そのたびに揉めてきた。彼は警視職で、捜査の指揮を執る立場にいる。彼と揉めれば、それは警察そのものとの軋轢を意味する。無理はできない。譲歩を強いられてきた」

「そうなんですか」

「今回、黒井のターゲットは細野だ。名門校の教師だからね。事件が大きくなり、マスコミが騒ぐことを狙っている。そういう事件を解決すれば、上層部からの評価が高くなるからだ。単純な窃盗犯を二十人捕まえるより、よほど効率はいい。名門中学の教師が何をしていたのか、裏にきな臭い匂いを嗅ぎつけているんだろう。スキャンダルに結び付く可能性が高いと踏んだのかもしれない」

「確かに……ぼくを取り調べていた刑事も、そんなことを言ってました」

「黒井警視は出世コースに乗りたいんだ。そのためなら手段を選ばない。事件を解決し、自分の手柄とし、評価されることだけを考えている。彼がこの事件に絡んできたのは計算外だった。面倒な相手だよ」

出口に立った金城が振り向く。制服警察官が目だけを動かして見つめた。

「玲子くんを取り返さなければならない……どうするかな」

「どうします？」

小さくうなずいた金城が、君は戻れ、と言った。

「取り調べられた刑事の顔は覚えているだろ？　そいつのところに行って、証言を訂正してくるんだ。細野のマンションの鍵は開いていたと言え」

「はあ？」

「黒井が玲子くんを押さえている根拠は、結局そこだ。鍵のかけられた部屋にいたのは細野と玲子くんだけで、他にはいない。玲子くんが施錠した可能性があるというのは、黒井の言う通りだ。なぜ鍵をかけたのか聞く必要があるという論理に反論するのは難しい」

「はあ……」

「だが、鍵が開いていたとすれば、誰か別の人間が現場にいた可能性が出てくる。その誰かが細野を刺し、玄関から逃げた。玲子くんを襲ったのもその誰かだ。彼女は意識を失ったところを細野の部屋に運ばれただけで、単に巻き込まれただけの存在ということになる。そうであれば釈放せざるを得なくなるだろう。落としどころはそこだな……井上くん、戻りたまえ。ドアは開いていたと言ってくるんだ」

「それって、偽証では？　嘘をつくのはいいとしても、ぼくは逮捕されたくありませ――」

「誰だって多少のことはしている。総理大臣だって立ち小便ぐらいするだろ？　しないって？　まあいい、深く気にしちゃいけない」

「しますよ。それに、鍵が開いていたのなら、ぼくはどうしてそこから入らなかったんです？　説明できません」抗うつもりはなかったが、どう考えてもおかしいですと言った。

「実際には、ぼくは建物の裏に回って四階まで登り、ガラス窓を破って中に入っている。ドアに鍵がかかっていて、そこからは入れなかったからそうしたんです。開いてたらそこから入りましたよ。偽証もいいところだ。通用するとは思えません」

「そこを何とかしようじゃないか」金城が雅也の肩を撫でるようにした。「黒井だって、自分の論理がおかしいのはわかってるんだ。奴の言ってることだって無茶苦茶さ。お互い、ぎりぎりのところを歩いている。奴に対抗するためには、こっちも無理を通すしかない。偽証ぐらいしたって構わんさ」

「……そうでしょうか」

「大丈夫だ。弁護士をつける。腕の立つ男だ。最終的な話は彼がまとめてくれる。君は勘違いしていたと言えばいい。証言を取り消すとかではなく、訂正するだけだ。ドアは開いていたと言ってこい。それだけのことだ」

「そりゃあ……玲子さんを放ってはおけませんから、やれと言われればやりますけど」

「では、やってくれ」

「いや、その、そんなあっさり……でも、どっちにしても玲子さんは無実ですよ。玲子さんが細野を刺す理由は何もないですからね。黒井警視の論理は穴だらけで、ちょっと考えればおかしいのは誰だってわかることです。だったら、多少時間はかかるかもしれませんけど、偽証なんかしなくたって警察はいずれ玲子さんを釈放せざるを得なくなるんじゃないですか？」

「その通りだが、黒井がいる。最悪のことだって考えられるんだ。わたしは細野を刺した人間が別にいて、そいつが何らかの方法で部屋に鍵をかけて逃げたと確信しているが、犯人捜しは難しいかもしれない。真犯人が見つからなかった場合、黒井は何をするかわからん。玲子くんを犯人に仕立て上げるかもしれない」

「そんなことできませんよ。戦前の憲兵隊じゃないんです。そんな無茶は……」

「普通の警察官ならね。だが、黒井は違う。奴の目的は警察という組織の中で昇進することだ。警視総監になりたいのかもしれないな。そのためにはキャリアとして出世コースに乗らなければならない。何だってするさ。無実の人間を拘留するぐらい平気だ。悪徳警官とか、そんな話をしてるんじゃない。そうならもっと簡単でね。奴は偉くなりたいんだ。誰が犠牲になってもいいと考えている。証拠や証人をでっち上げてでも、玲子くんを逮捕するかもしれない」

「……頭、おかしいんですか?」

「そうじゃない。極端に合理的と言うべきなんだろう。誰が犯人だっていいんだ。逮捕して、実績を上げる。それだけを考えてる。事実、そうやって評価されている。上も止められない。検挙率ナンバーワンの刑事をそう簡単には引っ込められないさ。奴は真犯人を見つけられなかった場合に備えて、玲子くんを押さえている。捜査が行き詰まったとなれば、犯人だと見なすだろう。真実なんかどうでもいいんだからな。逮捕することに意味がある。そのためなら証拠を捏造しかねない。自分の点数が上がればいいんだ。何だってするさ。そういう男なんだ」

「弁護士を動かして正式に抗議してみたらどうです？」

「今の状況だと、奴はまともなやり方じゃ玲子くんを放さない。法律にも詳しいし、弁護士の扱いも心得ている。いずれは何とかなるかもしれないが、時間がかかるのは確かだ。その間に奴が何をするかわからん。暴力や拷問だってやりかねないんだ。そんなことをさせるわけにはいかない」

「そりゃそうですけど……結局は正しい手順を踏んだ方が早いんじゃありませんか？　いきなり殴ったりはしないでしょう？　時代劇みたいにでっかい石を膝に乗せたりするわけじゃないでしょうし……多少時間が必要なのは、玲子さんだってわかってくれるんじゃないですか？」

「言いたいことはそれだけか？　理屈なんかどうでもいい。仲間を救うんだ。そのためなら何でもしろ。偽証ぐらいでびびってるんじゃない。さっさと行け」

金城が無表情のまま言った。逆にそれが内心の感情を表している。本気で玲子の身を案じていることがわかって、行きますよと雅也は答えた。

「だけど、ひとつだけいいですか？　部屋の鍵は誰がかけたんでしょうか？　それがわからなかったら、事件は解決しませんよ」

「いいところに目をつけたな」金城が落ち着いた声で言った。「有益なアドバイスをありがとう。考えてみよう」

腕を組んで、行け、と顎をしゃくった。回れ右をして、雅也は警察署内に戻っていった。

5

取り調べから解放されて南青山の事務所に戻った時には、夜になっていた。探偵たちが集まってテレビを見ている。あまりにも平和な光景に、冗談じゃないですよと言いながら雅也は椅子に腰を下ろした。

「何をのんびり……ぼくがどんな目にあってたと？　シャレにならないっていうか……」

「お帰り、ヒーロー」薄くなっている頭頂部に触れていた立木が目だけを向けた。「お疲れさま」

「何を言ってるんですか。ぼくはですね……」

「苦労話はいいって。どうだった？　警察は」

「いや本当に……絞られたっていうか」

警察署内に戻り、若林を見つけて証言を訂正したいと申し出た。頭が悪いわけではないらしく、雅也の話を聞くと即座に行動の矛盾点を指摘してきた。同時に、なぜそんなことを言い出したのかと厳しく追及された。

雅也の証言そのものが嘘であると若林は見破っていた。底の浅い嘘なのだから、それは当然だろう。辻褄《つじつま》が合わない言い訳をし、余計に突っ込まれることになった。嘘というのは難しいものだ。

必死で考え、何とか言い逃れようとしたが、若林は執拗だった。最終的には逮捕するとまで脅かされた。これ以上どうにもならないと観念しかかったところに、金城が手配していた弁護士がやってきた。

堤《つつみ》というその弁護士は警察でも名前が通っている人物のようで、茶髪も出てきて相談が始まった。帰っていい、と言われたのは突然のことだった。堤がうまく言い抜けてくれたらしい。警察は雅也の証言の訂正を検討することに決めたようだった。警察署の出口まで送ってくれた堤が、玲子の釈放に全力を尽くすから、と耳打ちした。任せるしかない。そのまま帰ってきた。

「そりゃご苦労さん。お茶でも飲むか？」立木がにやにや笑った。「おれがいれてやろう。朝から大活躍だったもんな。おれたちプロだって、四階までよじ登ってガラス窓を割るなんてのはなかなかできないぜ。やるやる。カッコイイじゃないの」

「そんなことは……玲子さんが倒れていたんで、夢中で……」

「立ちゃんの言う通りだ。とっさの判断にしては正しかったよ」徳吉が微笑んだ。「堤先生からこっちに連絡があった。事後処理をしてくれている。玲子さんは大丈夫だ。心配するな」

「その後、何かわかりました？」

「我々は表立って動けなくなってね。もっぱらテレビとネットだけだ。そんなに不自由はない。今はそっち方面のサイトとか充実してるからな。知りたいことはだいたいわかる」

「ニュース番組で、結構大きく扱われてたよ」真由美が横から口を挟んだ。「栄川の先生だもんね。名門中学の教師が殺されたってなったら、そりゃテレビも放っとかないって」

「どこまでニュースでは言ってるんです？」

「名前は言ってないが、部屋に女が倒れていたことは公表している」

徳吉の言葉に、そうそうと立木がうなずく。

「警察は殺人か自殺かまだ断定していないんだってさ。テレビの取材だと、殺しの可能性が高いみたいだが、倒れていた女、つまり玲子さんが犯人じゃないかって言ってた番組もあった。元刑事とか、そんな連中が密室殺人がどうのこうの言ってたけど、どこまで本気なんだか……まあ、マスコミが騒ぎ立てる理由がある事件だということはいえるね」

「状況としてはあまりよろしくない」話を聞いていた金城が口を開いた。「今後、更に事件は大きく扱われるだろう。当然だが、細野の自宅にも捜査の手は及ぶ。パソコンも調べられる。そこに何が隠されているかを知れば、黒井警視は喜んでマスコミに触れ回るだろうな」

「細野が女の子たちに何をしていたかがわかる」徳吉が唇をすぼめた。「細野はいいさ。どうせ死んだんだ。ロリコン教師と非難されたって本人は気にせんよ。だが、女の子たちはどうかな」

探偵たちが沈黙した。警察もマスコミも、細野と関係があった女の子たちを捜すだろう。いずれは見つかる。詳しく事情を聞かれるだろう。ひとつ間違えば報道されるかもしれない。女の子たちが苦しむことになるのではないか。

やるしかない、と金城が探偵たちの顔を見た。そうですな、と代表する形で徳吉がうなずく。

「井上くん、真由美ちゃんから聞いた。君は例のUSBについて調べたそうだな」

「調べたっていうか、そんなに難しい構造じゃないってわかっただけです。どうやって作ったとか、そんなことは――」

「そんなことはどうだっていい。問題は細野だ。今、ここで細野のパソコンを操作できるか？」

金城が首だけを向ける。

「そりゃあ、できると思いますけど」

「では、細野のパソコンのデータをうちのパソコンに移せ。警察に見つかる前に証拠を消すんだ」

金城が命じた。それは犯罪以外の何物でもありません、と雅也は首を振った。

「法律に詳しいわけじゃありませんけど、証言を撤回したとか偽証したとか、そんな話とはレベルが違うでしょう。証言の撤回は勘違いだったと言い張れば逃げられますけど、証拠を隠したとなれば誰がどう見たって犯罪ですよ。ぼくに犯罪者になれと？」

「そうじゃない。もう遅いかもしれん。警察は細野の自宅に行っているだろうし、パソコンも見つけているだろう。解析しているかもしれない。だが、まだ間に合うかもしれない。データを消せと言ってるんじゃない。細野がやったのはレイプはもちろんだが、モラルのない行為だ。犯罪より悪い。死んだって何だって罪は罪だ。それはそれで裁かれなければならない。だからデータをこちらで保管する。いずれは警察に渡す」

「だったら……」

「だが、今は女の子たちのプライバシーを保護する方が先だ。黒井は言うまでもないが、警察もマスコミも女の子たちの人生について考慮しない。そういう連中なんだ。名前をオープンにするとは思わんが、事情を知る者なら推察できるぐらいの情報は流すだろう。そんなことをさせるわけにはいかない。探偵は法律に従う。だが縛られはしない。優先されるべきものがある。女の子たちがかわいそうだとは思わないんだ」

「そりゃあ……彼女たちを苦しませるわけにはいかないですけど」

「ではやりたまえ。時間がない」

「USBを作った奴にやらせるべきでは？　大学生だそうですね？　そいつの方が詳しいでしょうし……」

「電話したが、今、彼は人工透析中でね……何もできない。君がやるしかないんだ」

いいのだろうかと思ったが、最終的に警察に情報を渡すのだからと自分自身に言い聞かせてマウスを動かした。手順は難しくない。十分ほどで作業が終わった。

「よろしい。これで憂いなく今後の話ができる」

金城がうなずいた。お茶持ってくる、と真由美が立ち上がった。

6

「細野のマンションへ行く途中、商店街がある。そこにコンビニがあるが、井上くんは見てるはずだな？」

「そうだったですかねえ……正直、ちょっと覚えてないんですけど」

商店街は通ったが、店までは記憶にない。私は覚えている、と金城が言った。

「あの商店街を抜けなければ、細野のマンションには行けない。とんでもなく回り道をすれば別だが……捜査一課の刑事にコネがあってね。彼から聞いた。確かな情報だ」

「では、細野も通ってる？」

徳吉が質問した。そうでなければおかしい、と金城が答える。

「駅とマンションは商店街でつながっている。最短距離だし、あそこを行くのが普通だ。警察もそう考え、店に聞き込みをかけている。コンビニには防犯カメラがあり、徹底的に調べてもいる。画像の確認も始めているそうだ……ここからは真由美くんに話してもらった方がいいだろう」

「コンビニに行ったんですけどぉ」真由美が足を組み替えた。「店長がオジサンで、息が臭いの。どうしてオヤジってああなの？」

そんな話はいらない、と立木がメモ用紙を丸めて投げ付けた。はいはい、と真由美が先を続ける。

「まあでも、そういうオヤジはわかりやすくていいよね。新人の刑事だって言ったら、鵜呑みにしてくれた。ってゆうか、うちの胸ばっか見てたよ。本当に情けないよ。捜査に必要だって言って、防犯カメラの画像のデータをコピーしてもらった。昔はビデオテープだったの？　良かったよ、時代が進んでて。コピーなんて簡単だもんね」

「真由美ちゃんの持ち帰ったデータをチェックしました」立木が言った。「午後十一時頃、玲子さんがカメラの前を通っています。間違いありません。約一時間後、細野が通ったこともわかりました。かなり遅い時間帯ですが、通行人の数は多いですね。とても全部はチェックできません。もう少し時間が必要です」

「玲子さんが十一時ぐらいにあのマンションに行ったという話は聞いてたから、その辺の時間を中心に調べたんだ。それより前はまだ全然見てなくて」

真由美がフォローするように付け足した。ただですね、と立木が鼻の頭を掻く。

「細野が通った後の画像をとりあえず見てたんですが……もう一人女が映っています。それが……」

「それが？」

「田代刑事によく似てるんです。南青山署の田代さんです。後で社長にも確認してほしいんですが、たぶん間違いないでしょう。どうして彼女があそこに？」

「細野のことを田代刑事は知ってる。細野が女の子たちに何をしていたか知る唯一の警察関係者だ」

「そうですね」

「我々は彼女の依頼を受けて動いている。依頼人には調査の経過を報告する義務がある。私が話した。細野が秘密で部屋を借りていることがわかったのは昨日の午前中で、それも伝えた。彼女は細野の部屋が神泉にあることを知っていたんだ」

「ええ、そうです」

「それはいい。だが、なぜ神泉に現れた？　もちろん細野の部屋に行くためだろうが、奴に何か話でもあったのか？　しかし、あの時点ではっきりとした証拠は何もなかった。刑事が行くタイミングではないだろう。それなのに、なぜだ？」

金城が眉間に人差し指を当てて考え込んだ。直接聞いてみますかと立木が言ったが、それはいつでもできると首を振る。

「何かある。何のために……」

つぶやきが漏れた。コーヒーいれるね、と真由美が言った。

7

翌日、雅也は会社でデスクに向かっていたが、仕事は手につかなかった。浮かんでくるのは玲子の顔だ。まだ警察から戻っていないことは確認している。金城ではないが、何とかならないかと考えていた。

「井上、ちょっと来てくれ。この前の販売代理店とのミーティングの資料あるか？」

叫んだ服部部長に、メールで送ります、と答えてパソコンを見つめた。マウスを動かして言われた資料を捜す。もっと詳しい事情を知る必要がある、と思った。

状況がわかれば、玲子にとってプラスになる証言をすることもできるだろう。細野の部屋に入り、玲子を救おうとしたのは自分だ。細野の死体を発見したのも自分だったが、よく考えてみるとそれだけのことで、そこから派生した情報については何もわかっていなかった。

早い話、細野の正確な死亡時刻も聞かされていない。金城も確実な時間はわかっていないのではないか。その他の情報について、警察に聞いても教えてはくれないだろう。

だいたい、警察には二度と行きたくない。面倒なことになるだけだ。となると、誰に聞けばいいのか。田代千賀子だ。彼女ならいろいろ教えてくれるだろう。

玲子を救うためには千賀子と会わなければならない。だが、千賀子とは連絡が取れなくなっている。どうやら携帯の電源を切っているようだ、と昨夜遅く連絡を取ろうとしていた金城が言っていた。

千賀子を捜さなければならない。彼女はあの晩、神泉で何をしていたのか。何をしに行ったのか。何かあるというのは金城でなくても思うことだ。何もなければ細野の部屋へ行ったりはしない。その何かがわかれば、千賀子の所在がわかるのではないか。

前に話した時のことを思い出した。本人は高校の頃群馬に引っ越したと言っていなかったか。何か関係があるのではないか。

「今、送りまーす」

マウスをクリックして、資料を転送した。開かないぞと服部が喚《わめ》いたが、無視して廊下に出る。目指していたのはワンフロア下のコンピューター開発部だった。

営業部とは違い、しんと静まり返ったフロアを歩く。座っていた巨大なとしか表現のしようがない女の肩を叩いた。あら井上、と振り向く。忙しいかと言いながら、適当に椅子を引っ張ってきて腰を下ろした。

「忙しいわよ」立花《たちばな》まりやが肉のだぶついた顎を撫でた。「あたしはいつだって忙しい」

「ちょっと頼まれてくんないか？　マツコにとっては難しい話じゃないと思う」

マツコというのは雅也が勝手につけたあだ名だ。あたしはあんな相撲取りみたいな体形はしていないとまりやは言うし、正真正銘の女よとも言うが怒ったりはしないのでそう呼ぶことにしていた。

「あんた、この前から何？　変なUSB持ってきて、調べろって言ったり……」

「同期じゃないか。ちょっと手を貸してくれてもいいんじゃない？」

嫌だとは言ってないけどさ、と鼈甲縁《べっこうぶち》の黒い眼鏡を直した。ピザおごるからと言うと、どんなご用件でしょうかと向き直る。

立花まりやは同期入社の社員だ。女性としては珍しいが、コンピューターのソフト開発能力が異様に高く、大学から異例の推薦を受けて入社していた。ただし極度のオタクで、対人間のコミュニケーション能力には欠けている。社内に友人はいない。雅也もそういうところがあったが、はっきりと浮いていた。疎外された者同士というのはわかり合えるものので、お互いに何となく連絡を取り合うようになり、時々食事をしたりする間柄だ。見かけによらずまりやは小食で、味にもうるさい。ただピザだけは例外で、味がどうでも構わないし、何枚でも食べることができる。

今までも車など会社の商品について、ピザを餌にプレゼン用の資料を作らせたことが何度もあった。オタクだが知識を無闇に振りかざすことなく、わかりやすく作ってくれるのであありがたい存在だ。部署が違うからしょっちゅうそんなことをしているわけではないが、雅也にとって唯一の頼れる味方と言ってよかった。

「群馬の館林って町に同巡会っていう病院があるんだ。おれ、館林の出身なんだけど、かなり昔からあった。たぶん、おれが生まれる前からあったんじゃないかな。そこの過去の記録が見たい」

「過去？　どれぐらい昔？」

いつということになるのか。千賀子は三十五歳だと言っていた。高校生になった時に転校したというから、十五歳だったのだろう。

「二十年ぐらい前かな」

「バッカじゃないの？　そんなの無理よ。記録なんか残ってるわけないじゃない」

「そこが知りたいんだ。なくてもともとだ。その時は諦める。とりあえず調べてみてくれよ」

いいけど、とまりやがマウスをクリックした。太い指で同巡会病院、館林、と単語を打ち込む。

「病院ってそんなにちゃんとしてないよ」まりやの指がかなりのスピードで動き始めた。

「あたしは生活習慣病の塊だからよく知ってる。あいつらはすぐ何でも処分する。昔のことは案外残さない」

「病院なのに？　患者のカルテとかは必要だろ？」

「確か、五年間は保管の義務があったと思うけど」ほおほお、とつぶやきながら同巡会病院のホームページに侵入していく。「それ以上は持ってなくたって構わないんじゃなかったかな。二十年前でしょ？　まだカルテとか記録はデータ化されてない時代だもん。いちいちそんなの取っておくかしら？　ペーパーの形で残してるかなあ……相当な量よ。病院の規模は？」

「町じゃ一番でかかった。県下でも有数の総合病院だ」

「それじゃ余計無理だと思う。通院患者や入院患者もいっぱいいたってことでしょ？　紙の資料で残したとして、どこに保管する？　ゴミよ、あんなの。絶対燃やしてる。だいたい、ペーパーで残してたとしたら、コンピューターでどんなに検索したって出てこない」

「……最近、南青山によく行く。ちょっと用事があってさ」

「それがどうしたの？」

「ファッツピザって店知ってる？　行くたびにその前を通る。行った人の話も聞いた。チーズが他の店とは違うらしい。北欧産のを使ってるんだって。どう思う？」

「ふうん」

まりやの指の速度が急に速くなった。

「これも聞いた話だけど、オーナーがマスコミ嫌いだそうだ。情報をオープンにしてないんだって。客にも感想なんかをネットに書き込むことを禁止している。今時変わり者だけど、味がいいから客も言われた通りにしているらしい」

「今、調べてる。調べればいいんでしょ？　やるわよ。待ちなさいって」

「マツコでも場所はわかるかな……おれは知ってる。足で稼いだ情報だからね。でも、友達には教えてもいい」

「うーん、これでどう？　あら、やっぱし。そりゃそうだ、病院だもんね。セキュリティは厳しいわよねえ」まりやが鼻歌を歌いながらカーソルを移動させていく。「でもねえ、人間の作ったものですもの、そんなにガードを固めることはできません……ファイアーウォールか。はいはい、プライバシーポリシー？　やかましいわボケ。何だ、結構旧式なのね。儲かってるんじゃないの？　システムを変えた方がよろしいんじゃないかと……アクセスコード？　知らないわよ、そんなの。ふんふん、でも毎日変えてるわけじゃないのね。面倒だもんねえ」

「何をしてる？」

「ホームページを経由して病院のシステムにハッキングした」まりやが曇った眼鏡を拭いた。「何だって裏はあるのよ。意外と通りやすいわね。そりゃそうよね、昔の記録なんて、そんなにしょっちゅう見るもんじゃないしね。ちょっと待ちなさい、今アクセスコードがわかるから……その店、流行ってる？　トマト系は充実してる？」

「いつ通りかかっても満席だよ。おれも食ってないからわからないけど、人気メニューはクリームチーズとトマトソースがどうしたこうしたって話を聞いた」

「最近凝ってるのよ。結局ピザはトマトなんじゃないかしら。モッツァレラとトマトの相性を発見した人は天国に召されるべきよね……はい、これでどう」数字を打ち込んだ。「出ました。病院の記録庫よ」

雅也はパソコン画面に目をやった。凄まじい数の数式が並んでいる。これじゃわからないと言うと、わかりやすい方よ、とまりやがカーソルを移動させた。

「数字は何科に通っているのかを示してる。一は内科、二は外科、みたいな。総合病院ね？　四十まである。町のクリニックだったらあり得ない数よ」

「名探偵だなあ。でかい病院だから、きっとそうなんだろう」

「こっちの数字は西暦と日付。このアルファベットは担当医の名前じゃない？　わかんないけど、きっとそうだと思う。イニシャルかなんかじゃない？　ちゃんと調べればわかると思うけど」

「それはいいから、二十年前のカルテを見つけてくれないか？」

「……うーん、残念だけど、見当たらないわ」

「ない？」

「日付は十年前のものまでしかない。それ以前のものは別の場所？　違うな、ルートがない。絶対じゃないけど、たぶんないわ。そんな昔の記録は廃棄したか、それとももともとデータ化してないか……どうする？」

「どうしようか。何か別に古い記録とかはない？」

「見てみる？　ありそうな感じはする」指が素早く動いて、新しい窓が開いた。「ふーん、そうね、そういうこと……何だこれ？　訴訟されてる？　二年前の医療過誤裁判の記録があるけど見る？　病院が金を渡してるんだ。ふうん……誰に？」

「病院のことはどうでもいい。何かあったとしてもそんなことは知りたくないんだ。二十年前の記録だよ」

「あらそう？　面白そうだけど……そこのピザ高い？　何インチ？」

「行けばわかるさ。おれも食べたわけじゃないんだ、詳しいことは……」

「はーん、二十年前ってこと？　これは……」まりやがファイルを開いた。「ああ、やっぱり。これって入院患者の記録？　こんなんでいいの？」

「わからない。とりあえず見たい」

「データっていうか、名前だけよ。何科に入院していたかはわかるけど……」

「二十年前の三月か四月の記録は捜せる？　患者の名前は田代千賀子っていうんだけど」

「田代田代……名前で検索した方が早そう。待って、データベースに入るから……カタカナ？　アルファベット？　どっちだっていいわよ、そんなの……タシロチカコ、と。どう？」

エンターキーを叩いた。一行だけの文字が浮かぶ。

「1994年5月2日……田代千賀子……精神科。退院日は8月10日？　この人？」

「たぶんそうだ。他に何かあるか？」

「それだけよ。病名とか治療法とか、そんなのは一切ない」

「とりあえずプリントアウトしてくれ。同巡会って精神科もあったんだな」

「みたいね。調べてみようか」返事を待たずにまりやがキーを叩き始めた。「同巡会、精神科っと……へえ……病院、四十年前からあるじゃない。金がかかってるわね。理事が三十五人もいるわよ。すごくない？」

「精神科はどうなってる？」

「わかったわよ、待ちなさいって……精神科は三十二年前に作られてるわ。主任医師は横《よこ》川啓輔《かわけいすけ》……誰よ、それ。あら、でも経歴は凄いわね。東大出てる。ああ、館林の出身なんだ。だからこんなところへ……ちょっとした有名人ね。個人の資料館もある。名医だって。評判もいいわ。本もたくさん出してるみたい」

その辺もついでにプリントアウトしてくれと言いながら、話が少し違うと雅也は思った。確か、千賀子は通院していたようなことを言っていなかったか。普通の病気を思わせる言い方だったが、精神科というのはニュアンス的に違う。高校一年生、つまり十五歳の少女が三カ月間の長期にわたって精神科に入院していたというのはどういうことなのか。

群馬のブラックジャックと呼ばれていた名医がいたと言っていたのははっきり覚えている。横川という医師のことなのか。だけどブラックジャックって外科医じゃなかったか？

「印刷終わったよ」まりやが物憂げに言った。「プリンターはあっち」

「サンキュー。助かったよ。そんな顔すんなって。ピザのことは任せろ。時間ができたら連れてくって」

「今日は金曜日よ。あたし、ヒマなんですけど。来週まで待てってって？」

「今、忙しいんだ。メールする。ありがと」

プリンターから数枚の紙を取って、階段を降りる。今日は金曜日か、とつぶやいた。明日は土曜日で、会社は休みだ。もちろん日曜もだ。久々に地元へ帰ってみようか。実家に顔を出してもいい。館林へ行ってみよう。

「おお、井上」フロアのドアを開けると、部長が立っていた。「どこ行ってた？ お前のメールの添付ファイルが開かない。どうにかしてくれ」

どうにかしましょう、とうなずいて席に戻り、パソコンで館林行きの電車の時間を調べる。早くしてくれよ、とドアのところから部長が言った。

8

翌日十一時、館林の駅に雅也はいた。東京からそれほど遠くはない。田舎ってわけじゃないんだぞ、とつぶやく。高校卒業までこの町で暮らしていた。半年に一度ぐらいの割合で帰っている。大きな変化はなかった。

地元密着型の高校生だったので、駅周辺はテリトリーだった。どんどん人が減ってるなあ、と思いながらぶらぶら十分ほど歩いて同巡会病院に向かった。町の人間なら誰でも場所は知っている。ある意味で町内一有名な建物だ。

二十年前のことをどうやって調べればいいのかわからなかったが、病院にはベテランのスタッフがいるだろう。当たって砕けろだ、と中へ入っていった。

気持ちとしては入院患者の見舞いを装っていたが、そんな必要はなかった。誰も不審に思う人間はいない。というより病院の規模が大きいので、誰も雅也のことなど見ていなかった。

土曜日だったが、総合受付はそこそこ混み合っていた。老人が多いが、この病院に限ったことではないのだろう。この国も大変だ、と思いながらうろうろしているうちにナースステーションに出た。四、五人の女性看護師が忙しそうに動き回っている。

「師長、302号室の小金沢《こがねざわ》さんなんですけど」若い女がおどおどした口調で言った。「ちょっとあたしの手には負えなくて……全然食事を摂ってくれないんです」

さりげなく視線をたどると、かなり年配の小太りの女がうんうんとうなずいていた。師長と呼ばれているぐらいだから偉いのだろう。六十歳近いのではないか。胸に吉野《よしの》というプレートがあった。

「とりあえず昼食まで様子を見てちょうだい」吉野がてきぱきと指示した。「あの人、腎臓よね？　ちゃんとこっちで出したものを食べてもらわないと……後で本人と話しましょう。確かに難しそうなジイさんだわ」

うなずいた若い女がその場から離れた。他の看護師はそれぞれの仕事をしている。これはラッキーな状況だ、と雅也は精一杯の作り笑いを顔中に貼り付けて、すいませーん、と声をかけた。

「何か？　総合受付は入り口すぐのところにありますよ」

「いや……ちょっとご相談といいますか……お伺いしたいことがありまして」

「何ですか？」

吉野がナースステーションから出て来た。事前に考えておいた言い訳をぺらぺら喋る。

「実は父が認知症らしいんです。物忘れは前からだったんですけど、最近は時間や日付がわからなくなっていて……母やぼくの名前さえ出てきません。病院で診ていただきたいと思うんですが、父はひどく嫌がってまして、ちょっとどうしたらいいのか……」

親戚の叔父から聞いた話をそのまま言った。これ以上知識はない。深く事情を聞かれたらどうすればいいかわからなかったが、それは大変ですねえと吉野が心配そうな顔になった。

「お父様はおいくつ？」

「七十五です」

「あなたのお父様が？　そんなお歳？」

「ぼくはその、遅くできた子でして……」

苦しい言い訳をしたが、そうですか、と疑うことなくうなずいた。いい人であることがわかった。

廊下にあったベンチに座るように言った吉野が、それは大変ねえ、と繰り返した。わかりますよ、とうなずく。

「わたしの父もね、もう亡くなりましたけど、アルツハイマーで……本人も苦しんだでしょうけど、わたしたち家族もねえ……そうですか、認知症。でも、それは正式な診断というわけではないんですね？　あなたがそう思った？」

「ええと、そうですね。まあ何となく、ネットで調べたりして……」

「はいはい。最近はね、そういう人が多いんですよねえ」吉野が隣に座った。「でも、素人が安易に判断できることじゃありません。きちんと診察を受けて、正しい形で病名を知ることが重要です。この辺にお住まいなんですよね？　だったらうちへ連れてくることをお勧めします。専門の医師もいますし、物忘れ外来もあります。なるべく早く……」

「師長さんは、この病院は長いんですか？」

「そうですね、長いっていうか……古いって言った方が正しいかも」吉野が微笑を浮かべる。「三十年以上になります。わたしより古いスタッフは院長先生だけ。でも、どうして？」

「いや、ぼくは……こう言うとあれですけど、若い看護師さんとかお医者さんがあんまり信じられないっていうか。ぼくも若いんですけど、それだけにわかるんです。あいつらは……失礼、若い人って、経験がないじゃないですか。できればベテランの人にいろいろお願いしたいんです。言ってみれば、師長さんのような方に」

おもねるように言葉を並べた。顔には誠意を込めている。年寄りは甘い言葉に弱いことを経験的に知っていた。

「まあ、そんな、あなたもお若いのにねえ」吉野が軽く雅也の膝を叩いた。「そんなことはありませんよ。もうわたしなんかお婆ちゃんですから、わからないことも多いし。でも、若い子と同じぐらいには働けると思いますけど」

「そうですよ。ていうか、それ以上なんじゃないですか？　経験は学校じゃ教えてくれませんからね」

「そうですねえ、そうかしら……わかりませんけど。でも、そういうところもあるのかしらねえ。長くやってるのは本当ですから、昔ここに通っていた患者さんのお子さんとかもここへ来ますでしょ？　そうすると、吉野さんにまた会えて嬉しいですって皆さんおっしゃってくれて、信頼していただけるから、やりやすいですよね。若いと、そういうことはないから……」

「ベテランの味ってやつですね。十年前、二十年前とかの患者さんも、吉野さんの顔を見たがる人とか多くないですか？」

「おかげさまで、そういう方は確かにいらっしゃいます。わたしもね、数字とかは全然駄目ですけど、患者さんのことはよく覚えてるんですよ。人間の記憶って不思議なものですよね。名前を聞けば、顔や病名なんかはすぐに思い出せます。自分でもどういう仕組みになってるのかわからないけど……それで、お父様は他に何か？　もうお仕事はされてないんですよね？　お友達は？　趣味とかは？」

「そうですね、仕事は……辞めてます、はい」七十五歳の老人の一般的なイメージを思い浮かべながら答える。「友達は、たぶん皆さん亡くなってるんじゃないかと……何が趣味なんでしょうかね？」

「聞かれても、わたしにはわかりませんけど……じゃあ、一日中家にいる？」

「たぶん。ぼくは同居してるわけじゃないんで、詳しいことはよく……母から聞いたり、たまに実家に帰った時の父の様子なんかを見て……」

「できるだけ帰ってあげた方がいいですよ。まめにお父様に顔を見せてあげて。話し相手になることが重要なんです。放っておけば症状はどんどん進みますから」

吉野が認知症の老人との接し方をレクチャーしだした。困ったなあ、と心の中で思った。

詳しく教えてもらっても、今のところ父親は元気で働いている。十年後にもう一度聞きたいところだ。

「昔、友達のお姉さんがここに入院してたんです。二十年前になります」吉野の説明が一段落したところを見計らって、慎重に話題を変えた。「田代千賀子さんっていうんですけど……彼女が高校の時の話です。十五歳だったんじゃないかなあ。精神科に入院してたんです。覚えていませんか？」

「さあ……どうだったかしら」

「二十年前、吉野さんはこの病院にいらしたんですよね？」

「いましたけど……二十年前でしょ？　そんな昔のこと、覚えてませんよ」

「その頃、吉野さんは看護師さんだったんですよね？　精神科は担当していた？」

「うちはローテーションで勤務シフトを変えるので、精神科も見てたことありますけど……覚えてませんよ、全部は」

「耳にしたことは？　若い女の子です。珍しくはありませんでしたか？」

「いちいち覚えてませんよ。鬱病患者は少なくありませんし、あの時代そういう患者さんを入院させる施設があるのはうちぐらいでしたから、数は多かったし……」

吉野が口を閉じた。嘘をついている、と雅也は直感した。少し話しただけだが、吉野は優秀な看護師だ。自分でも言っていたが、記憶力も確かなのだろう。普通の病気ではない。精神科だ。十五歳の少女が入院していたのを忘れているとは思えない。

しかも、今吉野は鬱病と言った。雅也は病名を言っていない。知らないのだから言えるはずがなかった。だが、はっきり鬱病と言った。知っているのだ。知っていて、言いたくないと思っている。

「昔の話です。二十年前ですよ。田代さんはどうしてこの病院に?」

「知りません」

吉野が立ち上がった。じっと見つめる。あなたは、とおもむろに口を開いた。

「本当にお父様は認知症なの? 他に症状は? 詳しく説明してみなさい」

「詳しくって言われても……、よくいる物忘れの激しい老人で……」

「例えば? 何を忘れる?」

「食事を……夜は何食ったかなあとか、そんな……」

「何を食べたかがわからなくなっている程度では、認知症じゃありません。食べたことを忘れてしまうのが認知症です。あなた、嘘をついてるわね?」

「いや、そんな……」

「何のために嘘を? 昔のことを調べてる? 入院患者のことは守秘義務があります。外部に話すことはできません。出て行きなさい！」

「師長さん、誤解です。ぼくは……」

「誰か！　誰か来てちょうだい！　不審者がいます！　警察を呼んで！」

ナースステーションから若い女が二人飛び出してくる。すいませんすいませんと謝りながら、雅也は建物の奥へと駆けだした。

9

失敗した、とトイレの個室のドアを薄く開け、外の様子を窺いながら大きく息を吐いた。結論を急ぎ過ぎた。もっとゆっくり周りを固めてから田代千賀子について聞いてもよかったのではないか。

吉野という看護師はいい人なのだろうが、仕事についてのプロ意識は高い。入院していた患者についてぺらぺら喋るようなことはなかった。むしろ、正直に事情をすべて説明した方が良かったのかもしれない。立場を理解してくれれば、何か教えてくれたのではないか。

仕方がない。ミスはミスだ。善後策を考えよう。どうするか。

吉野は自分が最も古いスタッフだと言った。年齢から考えてもそうなのだろう。自分より長く病院にいるのは院長だけだという。それなら院長に当たってみるしかない。

院長と話そう、と決めてトイレを出た。それでも駄目なら夜中になるのを待って病院へ忍び込もう。どこかに患者の記録が残っているかもしれない。無茶でも何でも、やってみるしかない。

覚悟を決めてトイレを飛び出す。院長室はどこだ。走りだそうとしたところで、痛い、という声と同時に衝撃を感じた。足元に老婆が倒れていた。

「すいません、大丈夫ですか？」

手を貸して立ち上がらせる。痛い痛いと老婆が膝を押さえて座り込んだ。

「すいません、どこかぶつけました？　ごめんなさい」

手にモップを持っていた。落ちていたバケツを拾い上げて渡す。清掃作業員のようだった。

「とりあえずそこへ」廊下のベンチまで老婆を連れていった。「座ってください。痛みます？　誰か呼びましょうか？」

「ちゃんと前を見なさいよ、まったく……痛いわあ」がらがら声の老婆が膝を押さえる。

「いいよ、人なんか呼ばなくたって。その代わり、あんた、ここをさすってくれ」

はい、と答えて右膝に手を当て、ゆっくりと動かした。そこじゃないよ馬鹿、と老婆が鋭い声で叫んだ。

「下手くそ。こんなこともできないのかい？　本当にもう、親の顔が見たいよ。左だよ、左側。痛いって、強いよ……今度は弱すぎるって。加減ってものがわかんないのかい？」

「いや、その……こんな感じですか？」

「まあいいでしょう。もっと丁寧にやんなさい。何なの、もう……ダンプカーとぶつかったのかと思ったよ」

「そんなことは……ここで働いてるんですか？」

「いけないかい？　老人が仕事をしちゃいけないと？　冗談じゃない、もう三十年もこの仕事をやってるんだ。体が動く限りはやらせてもらいますよ」

「三十年ですか……長いっすねえ」

「夫が死んで、小さな子供が二人いた。掃除だって何だってやりますよ。ちょっと右過ぎるってば……若い時はここが終わってからスナックで働いたり、おでん屋をやってたこともある。働き者なんだよ、あたしは」

「二十年前、ここに田代千賀子っていう女子高生が入院していたはずなんですけど……精神科でした。聞いたことありませんか？」

「ああ、あの子」そんな名前だった、と老婆がうなずいた。「いたねえ……十五、六歳だったんじゃないのかね？　若い子が精神科に入院するのは珍しいから……覚えてないわけじゃないよ」

「事情があって、その人のことを調べています」雅也は老婆の隣に座った。「何か知ってたら教えてもらえませんか？」

「掃除があたしの仕事だからね」老婆が顔をしかめる。「病院のいろんなところに出入りする。医者も看護師も、あたしのことなんか気にしない。深く考えちゃいないんだ。あたしがその辺にいたって、患者のことを話したりする。どんな病気か、治療の進み具合はどうか、そんなことをね。家族より早くガン患者の余命を知ったことだってある。面白いとこだよ、病院っていうのは」

「そういうものなんでしょうね」

「あの子は……田代千賀子って言ったかい？　千賀ちゃんは高校生だったね。その年齢の女の子で精神科に入院することはめったにない。かわいい子だったよ。それなのに、かわいそうになあって思った。覚えてるよ。でも、あんたは千賀ちゃんの何なんだい？　親戚？」

「そうじゃありませんが……知り合いです」

「知り合いね……今、あの子はどうしてる？」

「東京にいます。警察官として働いています」

「へえ、おまわりさんかい。そりゃ立派な仕事だ。そうなんだ、よかったじゃないか」

「千賀子さんはどうして精神科に入院してたんでしょうか。教えていただけませんか？　本当のことを知りたいんです。それがわかれば、救われる人がいます」

ふうん、と雅也を見つめていた老婆が不意に笑った。

「あんたはあんまり頭がいいようには見えないけど、嘘をつくような子じゃないね。誰かを救いたい？　その誰かってのは……女だね？」

「……そうです」

「素直でいいね。自分のためじゃなく、女のためにこんなことをしている？　東京からこまでわざわざ来たのかい？　そんなに惚れてる？」

「そこは……自分でもよくわかんないんすけど」

「あたしは歳を取った。誰かのために後先考えずに動く者がいるとわかるようになった……話してあげよう」

「お願いします」

「あの子は中学まで東京にいたと思う。そこで、中学の先生にいたずらされた。変態教師だよ。何をされたかは知らないけど、ひどくショックを受けた。それで群馬に引っ越してきたんだ。二十年前の話だよ。女の子は耐えるしかなかった。そういう時代だったんだ」

「今でも、そうですよ」

雅也がつぶやいた。そうだねえ、と老婆がうなずく。

「女っていうのはねえ、いつだって辛いんだよ……あの子が傷ついたのは、いたずらされたことより、事実を知った親が守ってくれなかったことだった。親が恐れたのは、娘がどうこうじゃなくて、娘がそんなことをされたっていう話が表ざたになることだったんだ。秘密にしておかなければならないって考えたんだろう。あの頃はそんなもんだった」

「それで群馬に？」

「そうだよ。こっちで高校に入ったけど、すぐ今で言う不登校になった。どんないたずらをされたか知らないけど、口じゃ言えないことをされたんだろう。親や教師を信じられなくなり、拒食症になってここへ入院した」

「そうだったんですか」

「今は引退したけど、横川って精神科の偉い先生がいた。評判のいい人だよ。あたしたちなんかにも優しく接してくれるような、そんな人でね……腕も良かったんだろうし、千賀ちゃん本人ももともと強い子だったんだと思う。三カ月ぐらい入院していたんじゃなかったかね。退院して、その後のことは知らない。今は元気に暮らしてるんだね？　それなら良かった。そりゃあ苦しんだだろうからねえ……」

老婆が話を終えた。ありがとうございます、と頭を下げた雅也の肩をそっと叩く。

「女を助けてやりなさい。大切に思う女を助けるのは男の義務だ。いいところを見せてやんな。もしかしたら、振り向いてくれるかもしれない。まあ、あんたじゃ無理だと思うけど」

にやりと笑った。はい、と雅也は親指を立てた。

10

病院を出て、そのまま館林で一番大きい図書館へ向かった。地元だから、場所は知っている。司書に頼んで二十年前の新聞の縮刷判《しゅくさつばん》を出してもらい、一月から順番に目を通していった。

五月の紙面に、高校一年生の女の子が自殺を図ったという短い記事が載っていたのを見つけた。名前など詳しいことは書かれていない。自宅の浴室で手首を切ったということがわかっただけだ。

紙面には〈群馬〉という文字があり、地方版にだけ掲載された記事のようだった。三度読んで、千賀子のことだと確信した。間違いないだろう。記事をコピーし、図書館を出たところで電話をかけた。出たのは立花まりやだった。

「……何時？　寝てたんですけど」

「何時って、もう四時だぞ。まともな人間なら起きてる時間だ」

「あたしがまともな人間だと？」

「すまん、そうは思っていない……起こして悪かったけど、良かったらピザ食いに行かないか？　昨日約束しただろ？」

「土曜の休日に女を誘う？　あんたいつからそんなことをするようになったの？」

「そういう気分なんだ。今、群馬にいる。これから東京へ戻る」

「群馬？」

「訳とか聞くなよ。三時間ぐらいで帰れると思う。ディナーにはちょうどいい時間だ。どう？」

「まあ、ピザならねえ……面倒だけど、いいわよ」

「七時ぐらいになるだろう。はっきりした時間は後で連絡する。ついでに頼みがある」

「そうでしょうね。わかってた。何？」

「警視庁の捜査一課に三年前まで田代千賀子という刑事が在籍していた。今は南青山署に勤務している。本庁から所轄だ。たぶん飛ばされたんだろう。だが、何の理由もなしにそんなことをしたとは思えない。おそらく何かトラブルがあったんだ。それを調べてほしい」

「警視庁？　井上、あんた何をしてるわけ？　いったい何でそんな……」

「後で話す。全部とは言わないけど、説明できることは残らず話す。頼まれてくんないか？」

「警視庁をハッキングしろって？　そんなねえ、そんな簡単に言わないでよ」

「公的な記録が見たいってわけじゃないんだ。まず間違いなく何かトラブルがあった。周囲の人間も知ってただろう。どんな形であれ、痕跡が残っているはずだ。それがわかればいい」

「……あんた」

「ピザ以外にもグラタンとドリアがあることは話したっけ？　チーズが凄いことになってるらしい。ぐっちょぐちょのたらったらで、好きな奴なら泣きながら食べると聞いた。まりやはチーズについてどんな意見を持ってる？」

「やってみましょう。じゃあね」

まりやが電話を切った。四時十分。時間を確かめてから、雅也は駅に向かって駆けだした。

Part4

1

私立探偵に休日はない、と金城は広言している。日曜日でも探偵社は営業していると知っていたので、雅也は昼過ぎに南青山へ行った。

金城本人と徳吉、真由美が社にいた。立木と美紀はそれぞれ調査活動をしているという。

ちょっと話を聞いてもらえませんかと言うと、構わない、と三人が雅也を見た。

「田代刑事について調べました。彼女の過去です」

「過去？　捜査一課にいたんだろ？」

徳吉が言った。その前です、と新聞記事のコピーを見せた。

「田代刑事は中学まで東京に住んでいました。十五歳の時、群馬に引っ越しています。中学生の時、教師から性的ないたずらをされたのが理由です。精神的なショックは大きく、記事にもあるように自殺を図っています」

「これは……彼女のことか？」

金城が記事を見つめた。おそらく、とうなずく。

「群馬で精神科の病院に入院しています。三カ月で退院していますが、すべてを忘れたとは思えません。十五歳です。記憶には深く残ったでしょう。東京の大学に入り、卒業後警察官になりましたが、刑事を志したのはそれが理由だったのではないでしょうか」

「性犯罪者を逮捕するため？　一種の復讐か？　わからんでもないが……」

「田代さんの警視庁在籍時のことを調べました。二度問題を起こしています」

「井上くん、どうしたの？　探偵みたいじゃん。どうやって調べた？」

真由美が叫んだが、それを制した金城が、続けてと言った。昨夜まりやに調べてもらったメモに目をやった。

「一度目は五年前です。変質者が通行人の女性の服に、自分の体液をなすりつけるという事件が頻発し、田代刑事が逮捕しました。その際、過剰な暴力をふるったことが問題になっています」

「過剰ね……どの程度？」

「顔を殴って、鼓膜を破ったそうです。その他、裂傷も負わせています。ですが、犯人が強く抵抗したことも事実で、それが認められて処分を受けるところまでにはなりませんでした。変質者の側もあまり強く抗議できる立場ではなかったようで、この時は何とか無事に収まったんですが、次はちょっと……」

「次というのは？」

「その二年後です。高校生を働かせていたデリヘル業者を逮捕しましたが、やはりその時に暴力をふるい、経営者の腕を折っています。明らかにやり過ぎでしたし、その経営者は告訴した。経営者自身は高校生を雇い入れていたことを知らなかった。現場の部下たちが勝手にやったことだったんです。逮捕時、経営者は抵抗していません。暴力を行使する理由はないと判断されました。告訴自体はいろいろあって取り下げられていますが、警視庁としては放置しておけなかったんでしょう。南青山署に転属させています。それが三年前のことです」

「一課から南青山署っていうのは、妙だなあと思ってたんだ」徳吉がうなずく。「そんなことがあったのか」

「田代さんがいわゆる性犯罪者を憎悪していたのは間違いないでしょう。他の事件ではそんな無茶はしていないようです。細野は女子中学生を次々にレイプする常習犯だった。田代さんはそれを知り得る立場にいたし、細野が部屋を借りていることも社長から聞いていた。あの日、水沢瞳という女の子と会うかもしれないということもわかっていたんです」

「それで細野の部屋に行った？　また女の子がレイプされるかもしれないと考えた？」

「そうなんじゃないかと……もしかしたらなんですが、細野の自宅を見張っていたんじゃないでしょうか。徳吉さんと立木さんは夜になって細野が動かないと考え、監視を中止しましたが、田代さんはその後も見張っていたのかも……そして細野が家を出たのがわかって、尾行したんじゃないでしょうか」

「君の話は面白い」金城が両手の指を合わせた。「非常にいいところをついている。それから？　他には？」

「玲子さんを襲ったのは細野じゃないかと思うんです」雅也がメモをめくった。「細野は自分が監視されていることに気づいていたんじゃないかと。玲子さんを襲って、自分の部屋まで運んだのは、何のために監視しているのかを聞き出すためだったんじゃ……」

「玲子さんもレイプしようとしたのかも」真由美が口を歪めた。「サイテーだよね。ぶっ飛ばしてやりたい」

「田代刑事はそれを見ていたのだと思われます。だから部屋に行った。玲子さんを助けようとしたんでしょう。明らかな犯罪です。傷害だ。現行犯で逮捕できると考えたのかも……」

「玲子くんは意識がなかった。その辺に倒れていた？　田代刑事はそれを見つけたか？　細野を逮捕しようとして、抵抗された？」

金城が自分に問いかけるように言った。可能性は高いと思います、と雅也は首を縦に振った。

「言い争ったか、揉み合ったか……激しく抵抗され、危険を感じたのかもしれない。田代さんに殺意があったとは思えませんが、細野に対する憎悪はあったでしょう。自分と玲子さんの身に危害が加えられると思い、その場にあったナイフで細野を刺した」

「コナンみたいじゃん、井上くん」真由美が派手なアクションで笑った。「すごいすごい。どうした？　何か乗り移った？」

「冷やかしちゃいかん。彼も真剣に考えたんだ。どうやったか知らないが、いろいろ調べてきたのは本当なんだろう」徳吉がたしなめるように言った。「理屈っぽすぎるが、状況的には間違ったことを言ってはいない。それからどうしたと思う？」

「細野は浴室に逃げ込んだんでしょう。内鍵をかけて田代さんが入れないようにした。田代さんに刺す気はなかったと思います。ナイフを手に取ったのもたまたまでしょう。不運っていえばそうなんですが……玲子さんのことを連れて逃げようと考えたんじゃないでしょうか。だけど、彼女の力で意識を失った玲子さんを部屋から運び出すのは無理だった。

混乱していたでしょうし、刑事として越えてはならない一線を越えてしまったんです。怖かったでしょう。玲子さんの傷を見て、重傷ではないと判断したのかもしれない。そのまま逃げた、そういうことだったんじゃないかと思うんです」

雅也は椅子に座り直した。考えていたことはすべて話した。調べたことも伝えた。正しいのか間違っているのか。

「よく調べたな……分析も的を外してはいない」金城が両手を組み合わせて顎を乗せた。「立派なものだ。向いてるんじゃないか？　いつからうちの社に来る？」

「それは別の話です」雅也はきっぱりと言った。「そんなことより玲子さんを……」

「田代刑事と話そう」金城がそのままの姿勢で口だけを動かした。「細野が殺されたと思われる時間に現場にいたことは確かだ。当然アリバイはない。何のために細野の部屋に行こうとしていたのかわからなかったが、君の調査で理由も判明した。そんなことがあったとはね……」

「そりゃ、むかつくよねえ」真由美がうなずく。「殺したっていいんじゃない？」

「もちろん細かい部分で不明なところもあるが、彼女には説明する義務がある」スマホを取り出した金城が番号に触れた。「話を聞きたいとは思っていた。昨日も連絡したんだが出なくてね……やっぱり出ないな」

留守電にメッセージを吹き込み始めた。真由美が椅子ごと隣に来て、雅也の腕を叩く。

「やるじゃん、井上くん。わざわざ群馬まで？　頑張るねえ。田代さんのこと怪しいって前から思ってたとか？」

「そういうわけじゃない」

雅也は首を振った。一対一で話したことは一度しかないが、いい人だと感じていた。真面目で信頼できる女性だという印象を受けた。

だが館林で聞いたこと、その後立花まりやの手助けを得て調べたこと、そこから導き出した推理が正しい可能性はある。本当のことが知りたい。本当に田代千賀子が細野を殺したのか？

「後でまた電話しよう」金城がスマホをテーブルに置いた。「彼女からかかってくるかもしれない。いずれにしても待ちだ」

ドアが開いて、立木が入ってきた。おやお揃いで、とつぶやく。何かあったか、と金城が聞いた。

2

日曜のこの辺は出前が全滅だ、と立木がコンビニの弁当を食べながら言った。そうだねえ、と真由美がうなずく。

三時間ほどが経っていた。黒井警視が頑として玲子の引き渡しを拒んでいるという連絡を弁護士から受けていた。任意の事情聴取だからそんな権利はないはずなのだが、黒井は法律を無視してでも玲子から事情を聞き出したいようだ。

千賀子から連絡はない。探偵たちはそれぞれに得た情報を伝え合ったが、はっきりとした事実は何もわからなかった。メシでも食おうと言いだした立木が新人の仕事だと命令し、雅也が適当に買ってきた弁当をみんなで食べていた。

テーブルに直接座って紙パックのコーヒー牛乳を飲んでいた金城のスマホが鳴った。スピーカーホンのボタンに触れる。権藤《ごんどう》だ、という重い男の声が流れた。

「こんばんは、お久しぶりです」

金城が言った。いや本当に、と権藤が低い調子で答える。

「いつも済まんな、気を使ってもらって……ちょっと伝えておいた方がいいかなと思うことがあったんでね」

権藤って誰です？　と雅也は聞いた。刑事、と徳吉が囁く。

「一課のベテラン。金を渡してるんだ。お世辞にもまともな人間じゃないが、金さえもらえれば何でも話してくれる」

はあ、とうなずいた。世の中、ちゃんとした刑事はいないのか。

「何かありましたか？」

「二時間ほど前、細野を殺したと少年が自首してきた」権藤が言った。「片山修一《かたやましゅういち》と言って、青山栄川の三年生だ」

「……それで？」

「本人もかなり興奮していて、供述は曖昧《あいまい》で支離滅裂《しりめつれつ》なところもあるが、自分が殺したと主張している」

「なるほど」

「現場付近にコンビニがあるのは知ってるだろ？　そこに防犯カメラがあるのも？　確認したところ、少年が深夜十二時過ぎに映っているのがわかった。細野の部屋の近くにいたってことだ」

「中学三年生と言いましたね？　大人を刺し殺せますか？」

「今時の子だ。ガタイはでかいよ。その気になれば十分可能だろう。細野に生活態度を注意されたとかで、むかついていたと言っている。最近のガキはまったく……それ以上のことはまだわかってない。マスコミも気づいていない。待ってくれ……すぐかけ直す」

いきなり電話が切れた。自首ね、と金城がつぶやいた。

「本当だろうか……注意されてむかついたから殺した？　ありそうな話だが、わからないところもある。細野が神泉に部屋を借りていたことをどうして知っていた？」

「細野の自宅を見張っていたのかもしれません」立木が言った。「あの日、学校では授業があった。その後細野は帰宅してますが、ずっとつけていたのでは？　いや、もしかしたらあの日じゃなかったのかも。もっと前にそうしていて、神泉のマンションのことを知っていた可能性もあります。殺そうと思って、機会を窺ってたんじゃないですかね」

「教師にむかつくのは理解できる。むかつかない方がおかしい」金城がスマホを見つめた。

「逆上して、その場で刺したというならわかるが、ずっと狙っていたと？」

「執念深い子供もいますよ」徳吉が言った。「何度も怒られていたのかもしれない。恨みが積もって刺したってことも」

確かに、とうなずいたところにスマホが鳴った。金城がタッチすると、すまんな、と権藤の声がした。

「ちょっと上に呼ばれてね……片山ってガキのことをうちの連中が調べた。両親は離婚している。母親と二人暮らしだ。わかりやすくて申し訳ないが、母親はスナックだか熟女パブだかで働いている。夜はいない。犯行時も店で働いていたそうだ。ガキは自由に動けた」

「なるほど」

「事件当日、ガキは学校に行っていたが、隣近所の人の話ではどうも家に帰っていなかったようだ……成績は良くない。はっきり言って落ちこぼれている。学校が学校だから、不良ってわけじゃないがね。入学当初はそうでもなかったらしいが、両親が一年前に別れたのをきっかけにそうなったらしい。友達もあまりいないようだ。かわいそうって言えばかわいそうだな。近所の店で、しょっちゅう一人で飯を食っているのがわかっている」

「それで？」

「あの日、授業が終わって学校を出た。その後どこへ行ったか、何をしていたのかはわからん。まだそこまでは調べきれてない」

「それは仕方ないですね」

「取り調べに対し、自分が細野を殺したと繰り返している。それと、さっきわかったんだが殺害現場である細野の部屋、その玄関のドアノブからガキの指紋が出た。現場にいたことは間違いないんだろう。ただ、部屋の中にはないようだ。詳しいことがわかったらまた連絡する」

「申し訳ない」

どういたしまして、と最後だけ丁寧に言った権藤が電話を切った。片山か、と金城が目をつぶる。

「現場にいたのは確実だな。ということは、本当にその少年が？」

かもしれませんな、と徳吉が言った。どうだろうか、と金城が周囲を見ながらスマホに触れた。

「殺そうと思っていたというのなら、どうやって殺すつもりだった？　細野は数学の教師だが、体格は普通だ。少年がどれだけ立派な体をしていたか知らないが、十五歳だぞ。殴り殺せると？」

電話に出たのは弁護士の堤だった。少し話してスマホをオフにした金城に、わかりませんが、と徳吉が眉をすぼめた。

「少年は何か凶器を持っていたのでは……？」

「細野は自分のナイフで刺されている。おかしくないか？　偶然か？　今の段階ではわからない。わかるのは……そう、あなただ」

ドアを指さした。田代千賀子が立っていた。

3

数日見なかっただけだが、千賀子はやつれていた。食事を摂っていないのではないか。顔色が悪く、かすかに手が震えている。水を持ってきた真由美に、ありがとうと言って一気に飲んだ。

「田代刑事、お座りください。捜していたんですよ」金城が椅子を引いた。「私の留守電は聞いていただけましたか？」

「……聞きました」

「あなたはあの夜、神泉にいた。そうですね？」

「認めます。その通りです」椅子に腰を下ろした千賀子が細い肩を落とした。「わたしは……あそこにいました」

「青山栄川の中学生が、自分が細野を殺したと警察に自首してきたようです。聞いていますか？」

「聞きました。昔の同僚が一課にいて……その人とさっき電話で話したんです」

何か温かい飲み物を、と金城が命じた。

「さて、お話を伺いましょう。いったい何が？　あなたはなぜ神泉に？」

「少年は細野を殺していません。犯人ではないんです……わたしです。わたしが殺しました」

千賀子が大きく息を吐いた。落ち着いて、と金城が手を振る。

「話を聞きましょう。私たちはあなたの味方だ。悪いようにはしません」

「……自首しようと思います。一緒に警察まで行っていただけますか？」

「その必要があるなら。ですが、その前に話を聞きたい。話してもらえますね？」

「細野が……女子生徒たちに何をしていたか、どういう男なのか、それはあなたから聞いていました」千賀子がゆっくりと話しだした。「最低の……最悪な男です。卑劣で、獣のような……許すことはできないと」

「同感です。それで？」

「細野が神泉に部屋を借りていることも、被害者の一人である水沢瞳という少女と会うかもしれないという情報も、あの日あなたから教えられました。あの日、その部屋で会うのかどうか、そこまではっきりしていませんでしたが、可能性はあると……放ってはおけませんでした」

「なるほど」

「なぜ少女と会うのか……またレイプしようということなのではないか。止めなければならないと思い、細野のマンションに向かいました」

「それで？」

「ドアを叩くと、細野が出てきました。わたしが誰なのかはもちろんわかっていませんでした。誰か来ることになっていたようです。細野の肩越しに、女の人が倒れているのが見えました。玲子さんです。何をしたのかはわかりませんでしたが、傷害の現行犯で逮捕できると判断しました」

「警察官として当然のことですね」

「部屋に踏み込みました。刑事であることを告げて逮捕しようとしましたが、抵抗されて、争いになりました。力が強くて……数発殴られました。正直に言いますが、怖かった。どんなに怖かったかは説明できません。女性でなければわからないでしょう」

「わかる」美紀が初めて声を上げた。「わかる」

「あの男の顔は……人間ではなかった。鬼畜以下でした。わたしは中学生の時に教師から性的ないたずらをされたことが……その教師もあんな顔を……恐怖もありましたが、それ以上に怒りが沸き上がって……細野が少女たちに何をしてきたかはわかっていました。何度も繰り返している。少女たちはわたしが味わった苦しみを……細野は止めないでしょう。ああいう男はみんな同じです。女のことを欲望のはけ口としか思っていない。許せなかった」

「それで？」

「後のことははっきりと覚えていません。何かが手に触れて、それで細野を……ナイフとわかっていたかどうかは自分でも……夢中でした。混乱していたのは本当です。殺意があったのかと言われると、そうではないと思っていますが、結果として刺していました。腹を押さえた細野が浴室に逃げ込んで……追いかけましたが、内鍵をかけたので入れませんでした」

「止めを刺そうと思った？」

「いえ、それは……逮捕しようと思ったのかもわかりません。大変なことをしてしまったという思いがありました。抵抗され、暴力をふるわれたとはいえ、刑事がナイフで刺したとなれば大問題です。その時点で細野がレイプ常習犯であることは確実ではなかった。それなのに刺したというのは……とにかくこの場から離れなければと思いました」

「玲子くんは室内にいたわけですよね？　倒れていた？　放っておいて逃げようとした？」

「……すいません、その時はそれどころではなくて、助けるより逃げる方が先だとマンションを出ました。いろんなことが全部いきなり起こって、怖かったんです。訳がわからなくなって逃げました」

「そうですか」

「金城さんから電話が何度もあったのはわかっていましたが、出られませんでした。ずっと考えて、ようやく冷静になることができて……わたしが細野を刺したのは事実です。その責任は取らなければなりません。自首しようと思います。少年が自分がやったと名乗り出ているのは聞いていますが、それは何かの間違いです。何を思ってそんなことを言っているのかはわかりません。現場付近にいたのかもしれませんが、わたしは覚えていません」

千賀子が話を終えた。両方のこめかみに指を当てていた金城が、徳さんと美紀くん、と呼んだ。

「とにかく田代刑事を警察へ……一緒に行ってもらいたい。黒井警視のところへは行くな。南青山署でいい。あそこに橋野《はしの》という刑事がいる。警部補だ。私の知り合いでもある。連絡をしておく。うまく取り計らってくれるだろう」

美紀が立ち上がる。行きましょうか、と徳吉が囁いた。千賀子が小さくうなずいた。

4

三人が出て行った後、金城が電話をかけた。しばらく話していたが、よろしく頼みますと言って切った。

「橋野警部補に事情は説明しておいた。どうにかしてくれるだろう」

「現職の刑事が犯人となると……大騒ぎになりますね」

立木が言った。そうだろう、と金城がうなずく。

「田代刑事はどうするつもりなのか……彼女はなぜ細野の部屋に行ったのか、それをどうやって説明するつもりなんだろう。細野が少女たちをレイプしていたことを、彼女は話すことができない。そんなことを言えば、少女たちの元にマスコミが殺到する。それは彼女が最も避けたい事態のはずだ。彼女は少女たちを守ろうとした。だから殺した。少女たちのことが表に出れば、意味はなくなる。どう言い抜けるのだろうか」

「難しいところですね……だが、確かに言えないでしょう。少女たちを巻き込みたくはないでしょうからね」

「だけど、本当に田代さんが？」真由美が言った。「そりゃあ動機っていうか、自分の過去と重なってかっとなったとか、それはわかるけど……、刑事がそんなことを？」

「刑事だって人殺しはする。いくらでも例はある」金城がほお杖をついた。「彼女には確かに動機がある。機会もあった。事情もわかっていたし、細野のマンションの場所も知っていた。その意味では可能性が高い。だが、ここからは警察の出番だ。彼らがより詳しい事情を調べてくれるだろう。それがわかればまた別の手が……もしもし？」

スマホに出た金城が、わかったとうなずいた。警察ですか、と聞いた雅也に首を振る。

「堤弁護士だ。片山修一を釈放させたそうだ」

「釈放？」

「あの少年を釈放させるように頼んでいた。そんなに難しいことじゃない。十五歳の少年なんだ。明確な証拠がなければ警察も身柄を押さえておくことはできない」

「だけど、本人が自首してるんですよね」雅也は左右を見た。「自分が細野を殺したと……」

「少年の供述にはおかしな点が多い」金城が言った。「自白以外、確かな証拠はない。細かく矛盾を突いていけばいくらでも反証できる。堤さんにはそれをやってもらった。証拠もなしに十五歳の少年を勾留するのは少年法に違反する。警察は未成年者の犯罪には過敏だからね。何とかなるだろうと思っていたよ」

「それでも、よく了解しましたね」

「堤弁護士本人が保証人になった。事情聴取の必要があれば必ず応じる、絶対に逃亡しない、そういう約束を交わしたそうだ。実際、彼が管理することになっている。要請があれば警察に行くと保証しているんだ。問題はないと判断されたんだろう。少年は今渋谷署を出たということだ。ここへ来る。真由美くん、何か飲み物を用意してくれるか」

「わかりましたあ……って、ここへ？　どういうこと？」

「少年の話が聞きたい。そのために釈放させたんだ」

少年の飲み物を、と繰り返す。ついでにおれたちのもと立木が頼んだが、自分でやってよと言って真由美が部屋を出て行った。

5

三十分後、弁護士の堤が少年を連れて探偵社に来た。迎えに出た雅也の顔を見て、はげ上がった頭をこすりながら調子はどうかね、とにやにや笑う。先日はどうも、と雅也は頭を下げた。

「いいのいいの。ビジネスなんだから。どうもって頭を下げるなら、その分お金を払ってちょうだい。この子をよろしく。話が終わったら誰か家まで送ってやってね。一応、連絡だけいただけるとありがたいんだけど。ああ、いいからいいから。見送ったりしなくていいって。じゃあね。社長によろしく」

一方的に喋った堤が出て行った。少年に顔を向ける。十五歳にしては体格がいい。百七十五センチはあるだろう。何か運動をしているのか、上半身の筋肉が鍛えられているのがわかった。

修一は無言であらぬ方向を見ている。どう声をかけていいのかわからないまま、部屋へ連れていった。この年頃の少年のことはわからなくもない。大人が嫌いで、信用していないのだ。

入ると、席ができていた。ホットコーヒーとオレンジジュース。なぜかタコ焼きが並べられていた。真由美のチョイスらしい。訳がわからないと思いながら修一を座らせた。

「こんばんは。探偵の金城です。よろしく」

金城が手を伸ばしたが、きれいにすかされた。反抗的ということではなく、意味不明の物体を見る目をしている。

「喉は渇いてないか？　どちらでも好きな方を飲めばいい。欲しいものがあれば言ってくれるかな。コンビニで買えるものなら何でも買ってこよう。食事は？　警察で何か食べた？」

「オジサン、誰？　探偵って何なの？　オレ、こんなとこにいる場合じゃないんですけど」

修一が初めて口を開いた。怯えている様子はない。状況がわかっていないようで、多少苛ついた表情になっている。

「私は私立探偵だ。そういう職業があるのは知ってるね？　警察とは少し立場が違う。君に話を聞きたい。いずれ君の存在はマスコミが知ることになる。そうなったら話を聞くどころではなくなる。今しかないんだ」

「関係ねえし」

「少しだけだ。世の中、つきあいってものがある。無駄な時間にはさせないよ。お互い時間が惜しい。さっそく本題に入ろう。君は細野先生を殺した犯人だと名乗り出た。そうだね？」

「そうだけど」

「なぜ自首した？」

「オレがあいつを殺したから」

「本当に？」

修一が横を向いた。では質問を変えよう、と金城が前かがみになる。

「君は細野先生が女子生徒たちに何をしていたか知っていたのか？」

「……ああ？」

修一が唸った。どっちなんだ、と金城が微笑む。

「それによって質問が変わっていく。何をしていたのか知っていた？　もし知っていたのなら、どうやってそれを知った？　細野先生が……」

「あいつは先生じゃない」

「同感だ、言い直そう。細野が女の子たちに何をしていたのかを知っていたのは、細野本人と彼女たちだけだ。それはわかっている。君が知るためには誰かから聞くしかない。誰に聞いた？」

「……あいつはクソ野郎だ」

「ますます同意見だ。あの男はひどいことをしていた。ろくでもない奴だ。だが、君はそれを知っていたのか？」

修一の目に戸惑いの色が浮かんだ。うつむいて黙り込む。何も言ってはいけないと直感したようだった。

「聞き方を変えよう。細野と深い関係のある女の子がいたんじゃないのか？　君はその子を知っていた。クラスメイトだろう。仲が良かったのかな？　君はその子から何らかの話を聞いた。細野が何をしているか知るにはそれしか方法はないからね。何を聞いたのか。細野との間に何があったと言っていた？」

修一が完全にそっぽを向いた。答えるつもりがないのか、答えを知らないということなのか。

「ではもうひとつ質問しよう。君はあの夜、神泉にいた。細野のマンションの近くにいたこともわかってる。何をしに行った？」

「あいつを殺しに行った」

修一が食い気味に答える。それはそれは、と金城が微笑んだ。

「立派なことだ。私は警察官じゃない。それはそれでいいと思う。だが、わからないことがある。君はいつ、どうやって細野のマンションのことを知った？　あの男は秘密のうちに部屋を借りていた。調べるのは我々プロでも時間がかかった。中学生に調べられるはずがない。どうやって知った？」

「いいじゃねえか、そんなこと」

「よくない。女の子の誰かに聞いたか？」

「聞いてない」

「では、どうやって知った？」

うるせえよ、と修一が吐き捨てた。しっかりしろよ、と金城が肩を叩く。

「君は細野を殺しに行ったと言ったな。どうやって殺すつもりだった？　君もいい体格をしているが、相手は大人だ。腕力が通用するかどうかは怪しい」

「ナイフだ。ナイフで刺し殺してやるって……」

「確かに細野は刺し殺されていた。だが、凶器のナイフは細野のものであることがわかっている。部屋にあったんだ。君のものじゃない。ナイフがあると知っていた？　手の届くところに置いてあると？　ないとは言わないが、当たり前のことじゃないだろう？　ずいぶんいきあたりばったりだな」

「ナイフは……持ってたんだ。家から持ち出した」修一が歯を食いしばった。「それで殺そうと思ってたけど、あの部屋にナイフがあったから……そっちを使った。持っていったナイフは家に戻した」

「苦しい言い訳だ。まあいいだろう。それでは最後に聞くが、なぜ細野を殺した？　何があった？」

「あいつはいつもオレに超えらそうにしてて……何をしても注意してくる。廊下を走るぐらい、誰だってするだろ？　他の奴には何《なん》にも言わないのに、オレにだけは言ってくる。

すげえムカついてて、いつかぶっ殺してやるって……」

「なるほど」

「あの夜、外にいた。あいつが歩いてるのを見かけた。ナイフを持ってたのは、ちょっと最近いろいろあって……護身用にカバンに入れてたんだ」

「それで？」

「あいつをつけた。あのマンションに入った。しばらくしたら出て来て、ぐるっと回ってあの公園に行った。女の人に後ろから襲いかかって、殴りつけたのを見た。女の人がどうなったのかは知らない。倒れたのはわかったけど……そのまま背負って、部屋に戻っていった。誰も見てないと思ったんだろう。あの辺は人通りが少ないし……でも、オレは見てた。あの女の人に何かろくでもないことをするんじゃないかと思って……放っておけなかった。ひどい奴だ。許せないって思った」

「部屋へ行った？」

「ドアを叩いたら、あいつが出て来た」修一がうなずく。「無理やり中に入った。女の人が床に倒れてて……いつもえらそうなことばっか言ってるくせに、てめえは何なんだよって、殴り掛かった。後はよく覚えてない。キッチンにナイフがあったのはわかったような気がする。あいつを刺した。ヤバイことになったって思ったけど、オレも怖かったし

「……」

「そのまま逃げた？」

「あそこにはいられねえもん。マズイし、逃げ出すしかなくて……だけど、オレが殺《や》ったのはホントだし、逃げ切れるとも思えないし、迷ったけど自首しようって。あの倒れていた女がどうなったか……捕まったって聞いたけど、そんなことは知らなかった。オレが殺したんだ。おまわりにそう言ったけど、証拠不十分？　よくわかんないけど、帰れって……」

「だから今、君はここにいる」

「それだけじゃないんだろ？　あの弁護士と、あんたらが何か手を回したんだろ？　余計なことしやがって……オレがあいつを殺したんだ。本当だ。もういいか？　だったらオレはもう一度警察に行く。逮捕してもらう。オレがやったんだから」

「その必要はない」金城が首を振った。「真犯人が自首したよ」

「自首？　誰が？　いつ？」

修一の顔が真っ青になった。座りたまえ、と金城が椅子を指し示す。

「自首したのは刑事だ」

「……刑事？」

修一の腰が落ちた。ぽかんと口を開けている。君のような曖昧なことじゃなく、はっきりした動機もあると金城が言った。

「現場近くにいた。マンションに行ったことも認めている。殺すつもりはなかったそうだ。証言と現場の状況は符合する。供述に矛盾はない。その刑事が犯人なんだ。君は関係ない。そうだろ？　もうつまらんことをする必要はない」

「本当は……ぼくは何もやってないんです」修一が顔を強ばらせたまま言った。「ぼくは細野先生を殺してなんかいません」

「そうだろう」

「……あの夜、先生を見かけて、後をつけていったのは嘘じゃないんです。嫌いなのも本当で、正直言うと一発殴ってやろうぐらいの気持ちはありました。だけど、踏ん切りがつかなかったっていうか、度胸がなかったっていうか……何となくずるずる追っていっただけで……神泉まで行きました。先生がマンションに入るのも見ました。でも、それだけです。何もできなかった。そのまま帰りました」

「では、なぜ自分が殺したと自供した？」

「もう全部話した」修一が首を激しく振る。「ぼくは帰りたい……帰っていいですか？　帰らせてください」

「いいだろう。道はわかるかい？」

いいんですかというように立木が顔を上げたが、構わないと金城がうなずいた。帰りたいんだ、と立ち上がった修一を美紀が部屋の外へ連れていった。

6

「もちろん、彼は嘘をついている」

金城が微笑みながら両方の手のひらを合わせる。そうでしょうね、と立木が言った。

「いきなりおとなしくなりやがって……その辺はガキなんだよな。わかりやすいったらありゃしない」

「彼が殺害を否認したのは、田代刑事が自首したとわかったからだ。彼女が犯人だと信じた。だから供述を翻した」

「ですが、一度は自首しています」雅也は言った。「どうしてそんなことを？」

「誰かをかばうためだ」立木が雅也の肩に手をやる。「それしかない」

「その通りだ。偶然細野を見かけて後をつけたというのも嘘だろう。そんなに都合のいい話はない」金城が組んだ手に顎を乗せた。「どうやってかはわからないが、別の方法で細野のマンションに行き着いた」

「玲子さんを細野が襲ったのを見たと言ってましたが、それも嘘ですか?」

「そこはわからない。細野のマンションに行ったことは事実なんだ。そこで何かを見たというのは本当かもしれない。時間的には合う。そして彼は気づかなかったが、そこに田代刑事がいた可能性もある。そこは明確ではないが、実際には更にもう一人別の人物がいたのではないかと考えられる」

「別の人物?」

「彼がどうやって細野のマンションまで行ったのかが問題だが、もう一人いたと考えると辻褄が合う。彼はもともとその人物をつけていったのではないか。それで細野のマンションに行くことができた。細野はその人物を部屋に入れた。修一少年には中で何が起きているかはわからなかっただろう。何分後か何十分後かわからないが、その人物が部屋の外に出てきたのを見た。それからどうしたかはわからない。捕まえて、何をしていたのか聞いたかもしれないし、その人物は逃げて行ってしまったのかもしれない。いずれにせよ、彼はそのまま家に帰った。翌日、ニュースなどで細野が殺されていたことを知った。殺したのはその人物だと考えた。状況から判断すれば、そうとしか考えようがないからね」

「その人物をかばおうとした?」

「そうだ。犯人を警察の手から守りたかった。最悪の場合、自分が罪をかぶろうと決めたんだ。その人物は彼にとって何よりも大切な存在だったのだろう。そうでなければ人殺しの罪をかぶろうと思うはずがない」

金城がコーヒーをひと口飲んで、ぬるいなと顔をしかめた。

「田代刑事が犯人ではないのは、ここからも明らかだ。彼に田代刑事をかばう理由はない。彼女のために何かするはずがないんだ。では、誰のためだったのか。誰をかばおうとしたのか」

待ってください、と雅也は片手を上げた。

「では田代さんはなぜ自首したんですか？　自分が殺したと言っています。状況証拠っていうんですか？　それは揃ってると言っていいんじゃないでしょうか。現場の状況と田代さんの言ってることは矛盾しません。それでも彼女が殺したのではないと？」

「確かに、君が調べてきたことからもわかるが、彼女には動機と呼べるものがあった」金城がテーブルを規則的に何度か叩いた。「現場付近にいたこともわかっている。供述におかしな点がないのもその通りだ。だが、直接的な証拠は何もない」

「直接的な証拠？」

「田代刑事がレイプの常習犯、しかも教え子を相手にその行為を繰り返していた細野を許せないと思ったのはそうなんだろう。だが、だからと言って殺したとは言い切れない」

「田代さんは、殺すつもりはなかったと……抵抗されて、怖くて夢中でやったことだと言ってましたけど」

「そこが大きなポイントだ。田代刑事は元捜査一課の警察官だぞ。それなりに訓練も受けていたはずだ。柔剣道や格闘術なども習っていただろう。実際、過去の事件では犯人の腕を折るなどかなり乱暴なこともしている。素人じゃない。細野は数学の教師で、大柄だったわけでもないし、それほど力が強かったというような話も聞いてない。抵抗されたって対処できたはずだ。怖かった？　信じられないね」

「でも……」

「修一少年は現場で田代刑事の姿を見ていない。見ていればそう証言しただろう。名前こそわからなかっただろうが、不審な動きをしている女がマンション付近にいたと言ったのではないか。自分が自首するより、誰かが犯人だと言った方が有利なのは言うまでもない。真犯人をかばうつもりなら、それで目的は達せられたんだ。だが言わなかった。見ていないのだから、話すことはできない。誰にも罪をかぶせられないまま、自分が犯人だと名乗り出た。そうするしかなかったんだ」

「では……田代さんは何をしていたんです？」

「すべてを見ていた」金城が答える。「現場近くにいたのは、本人も認めている通り細野のマンションへ行くつもりだったからだ。彼女は私に聞いて、マンションの場所と、そこであの夜レイプ犠牲者の一人と会うかもしれないということを知っていた。細野にどんな用があってその子を呼んだのかはわからないが、またレイプ行為が繰り返されるのではないかと田代刑事は考えた。どちらにせよ、深夜に女子生徒を呼び出すというのは常識ある人間のすることじゃない。止めるためにあそこへ行った」

「そうなんでしょうか」

「彼女は現場マンション近くにいた。そこからすべてを見ていた。もう一人の人物が部屋に入るのも見ただろうし、修一少年が部屋の前まで行ったのも見ていた。矢継ぎ早にいろいろなことが起きたため、踏み込むタイミングが遅れたのだろう。修一少年が去ってから自分も部屋に行った。だが入れなかったのではないか。鍵がかかっていたからね」

「あの部屋は、通路側からだと中が見えません」

「そうだ。だから中で何が起こったのかはわからない。そのまま帰らざるを得なかった。彼女は見たと言っているが、本当は玲子くんのことは見ていなかったのではないか。玲子くんを殴って気絶させ、部屋に連れ込んだのは細野としか考えられないが、それも田代刑事は見ていなかったのだろう。現場を見ていて、部屋に運び込んだのを知っていたとしたなら、それを放置して自分だけ逃げるというのは考えにくい。知らなかったから、玲子くんのことはそのままにしていた」

「では……」

「次の日になって、細野が殺されていたことを知った。田代刑事は現場マンションを見ている。経験や想像力もある女性だ。あの時、何が起きたのかわかった。もちろん、犯人が誰なのかもだ。その上で、自分が殺したと自首することを決めた。犯人をかばおうとした。自首するまでに時間がかかったのは、室内の詳しい情報を知っておく必要があったからだ。彼女には捜査一課に昔の同僚がいた。事情を聞けば、だいたいのことはわかっただろう。さっき君は供述に矛盾がないと言ったがそれは当然で、後付けで知ったのだから間違ったことは言わないさ。犯人になりきるためには状況を知らなければならなかったし、彼女にはそれが可能だった」

「なぜかばおうとしたんですか？」

「自分の過去と重なって見えたのかもしれない。正確なところは本人に聞くべきだろう」

「そもそも、誰をかばったと？」

「わからないと言いたいが、知る手段はある。これだ」

金城がジャケットの内ポケットから一台のスマホを取り出した。修一少年のものだ、と小さく笑う。

「取り調べに際して、警察が預かっていた。堤弁護士が返却しておくと言って受け取ってきたが、返すつもりはなかった。本人も忘れてるだろう。それどころじゃなかったはずだからな。そろそろ思い出したかもしれないが」

「そのスマホに……何か証拠が残っていると?」

「彼は犯人をかばい、自分が殺したとまで主張している。犯人に対して強い思い入れがあったのは絶対と断言してもいい。そんな相手と連絡を取っていなかったとしたらその方がおかしい。見も知らぬ人間のために自首するなんてあり得ない。この中から何かが見つからなかったら、彼は現代に生きる中学生じゃない」

画面に触れた金城がわずかに眉をひそめる。ロックがかかっていた。当たり前じゃないですかあ、と真由美が叫んだ。

「フツーですよ。常識」

「では君に任せる。何とかしてくれ」

スマホを渡された真由美が器用な手つきでボタンに触れる。あの子の誕生日は? と聞いた。資料に目をやった立木が生年月日を言うと、ふうん、とつぶやいていくつかの数字を打ち込んだ。

「違うなあ……これ、いつ買ったの？」

「普通に考えて、中学に入った時じゃないか？」

「一年の時の出席番号とかわかる？」

「それはわからないが、栄川には学籍番号っていうのがある」資料を引っ繰り返していた立木が答えた。「生徒手帳に登録されていて、三年間変わらないとか……これだ」

四桁の数字を言った。真由美が打ち込む。

「はい、ロック解除……わかりやすくていい子だこと」

「栄川に受かるぐらいだ。最初から落ちこぼれてたわけじゃない」スマホを受け取った金城が画面にタッチする。「着信履歴？　母親が多いな。ママばっかりだ……見かけによらずマザコンなのかな。まめに連絡を取ってる。オヤジっていうのもある。両親は離婚してたんじゃなかったか？」

「別れてます」

答えた立木と共に全員が立ち上がって金城の横に回り、画面を覗き込む。

「電話よりメールの方がわかりやすいと思うけど」真由美がつぶやいた。「中坊って意外と通話にスマホは使わないよ。金がかかるもん」

「ごもっとも」金城が画面を切り替える。「……メール？　ライン？　何だか凄い数だが……」

「貸してよ、見てらんない」真由美が奪い取った。「ホントに年寄りはこれだから……あ、すいません、つい本当のことを」

「何とでも言え」金城が拗《す》ねたように言った。「そんなに年寄りっぽいか？」

スマホを操作していた真由美が、ラインは使ってない、とつぶやく。金城の声は耳に届かなかったようだ。

「アプリはあるけど、使ってはいない。友達は少ないって言ってたよね？」

いいからメールを見ろよ、と立木が命じた。はいはい、と画面を切り替えてメールの送受信記録を見ていく。

「そんなに多くないね……意外」指を動かしながら真由美が言った。「やっぱ友達少ないのかな」

「そのようだ。栄川の落ちこぼれだと、つるむ仲間もいないんだろう」

「ふうん……あら、また。おや。なるほど」

「何なんだよ、ババアかお前は。何一人で納得してるんだ」

「男友達ばっかりなんだけど、女の子で一人目立つのがいる」真由美がスマホを周りに向けた。「水沢瞳。一日、二日に一回はメールを交換してる。すぐ返したりもしてるみたいだし、ちょっと他の子とは違う感じ」

水沢瞳。金城が目配せした。

「その子は……細野が会う約束をしていた女の子ですよね」

雅也は言った。細野にレイプされた被害者でもある、と立木がうなずく。

「彼女のことは見張っていた。あの日、学校に行っていたが、授業が終わってそのままどこかへ行った」

「うちが見張ってたんですけど」真由美が手を上げる。「どこだっけ、代官山？　男と会ってたけど、結局家に帰ってたよ」

「家は見張っていたのか？」

「十一時ぐらいまで。親は帰ってなかったんだと思う。その時点で出てくる気配がなかったから、うちは帰ったんだけど……」

「その後のことはわからないか……細野と連絡を取って会うことになっていたが、それがあの日だったかどうかわかるか？」

「あの日とははっきり言えない」金城の問いに、美紀が低い声で答えた。「二人はメールで連絡を取り合っていた。メールの文面も見た。会ってくれって細野が強く言って、了解って答えがあっただけ。いつとかはまだ決めてなかったみたい」

「だが、あの日だったかもしれない」立木が腕を組んだ。「何日も先のこととも思えない。直接話して日を決めたか？　あの子は細野のマンションのことは知ってたのかな？」

「マンションは五年前から借りているから、知ってた可能性はあるよね」真由美が言った。

「もしかしたらあそこでレイプされた？　わかんないけど」

「修一少年は瞳をつけていたのかもしれない」金城がテーブルに両肘をついた。「細野と瞳は数日前からメールでやり取りをしている。それを察した可能性はある。瞳から相談をされたか？　しつこく会うように強要されているがどうしたらいいと思うか、そんな話をしたのかもしれない。メールの雰囲気から言って、二人は親しいようだ。十分にあり得る」

「だとしたら？」

「瞳を尾行して、神泉まで行った」金城が指を一本立てる。「マンションまでつけた。部屋のことは知らなかったが、後を追っていたら自然とそこまでたどり着いた。部屋に瞳が入っていくのを外から見ていた。部屋の前まで行ったかもしれない。ドアノブには少年の指紋がついていたというから、おそらくそうだろう。中の様子を窺った。室内で細野が乱暴しているのは様子でわかっただろう。ついでに言うと、田代刑事はその様子を別の場所から見ていたのかもしれない」

「襲われた瞳は抵抗した？」

「そういうことだ。ナイフで細野を刺して逃げた。外にいた修一少年が、中で何が起きたのか認識していたかどうかはわからないが、翌日ニュースを見て事件のことを知った。犯人は瞳だとわかっただろう。瞳を救おうと思った。かばおうとして自首した」

金城が左右の人差し指をくっつけた。かもしれませんね、と立木がうなずいた。

「田代刑事がどこまで見ていたかは不明ですが、瞳が細野の部屋に入ったのは見ていたんでしょう。修一少年と同じく犯人は瞳だという結論に達した。田代刑事には性犯罪の被害者に同情する強い理由があった。放っておけなくなって自分が殺したと名乗り出た。修一と田代刑事の行動を合わせて考えると……本当の犯人は水沢瞳ということになりますね」

どう思うか、と金城が周りを見た。不明な点はまだあるが、考え方としては間違っていないのではないか。全員がうなずいた。

7

翌日、雅也は真由美と共に青山栄川の校門前で水沢瞳を待っていた。

「明確な証拠はない」金城は言った。「状況から判断して水沢瞳が犯人であると考えるのが整合性はあるが、本人に話を聞くのが確実だろう」

二人に瞳から事情を聞くよう命じた。自宅ではなく学校帰りを捕まえる方が本人にとっていいのではないかと判断したのは真由美だ。女の子の気持ちは年齢が近い真由美が一番わかっているだろう。雅也も真由美も黙ったまま立っていた。

長く待つことはなく、風に乗ってかすかなチャイムの音が聞こえた十分後、水沢瞳が校門を出てきた。こんにちはあ、と真由美が明るく声をかける。何か、というように首を曲げた瞳に近づいて、囁きかけた。わかった、とうなずく。何か察したようだった。

いいってさ、と合図した真由美と瞳と一緒に、雅也は学校から歩いて五分ほどの古めかしい喫茶店に入った。ここに店があることは事前に歩いて見つけていた。

真由美と並んで腰を下ろし、向かい側に瞳を座らせる。正面から少女の顔を見て、思わず頭を掻いた。前に一度姿を見ている。十五歳だと聞いているし、わかってもいる。中学三年生だ。小娘と言ってもいい。だが、その存在感は圧倒的だった。

ほとんどメイクはしていないが、表情は大人びている。はっきりと色気を感じる。どうなってるのかと落ち着けなくなって、しきりに体を動かした。今時の中三はみんなこうなのか。そりゃいろいろ事件も起きるだろう。

コーヒーを、と真由美が店員に言った。瞳もうなずく。ぼくも、と慌てて手を上げた。

店員が去って行くのと同時に真由美が質問を始めた。

「殺された細野先生について調べてるの。関係者に話を聞いてる」

「関係者？」

「あんたとどういう関係だったか知ってるのよ」

「生徒ですけど」瞳がグラスの水に口をつけた。「先生は担任。それだけ……」

「レイプされたでしょ」顔を近づけた真由美が囁く。「細かい話はいいの。知ってる」

瞳は何も答えなかった。じっとグラスを見つめている。

「写真がある。でも、うちらが押さえてるから外には出ない。絶対だよ。だけど、何も言わないって言うのなら……」

「……だったら？」

「絶対とは保証できなくなる」真由美が煙草をくわえた。「あんたが話してくれれば、そんなつまんないことは言わない」

「……レイプされたわけじゃない」瞳が小声で答えた。「うち、数学とか、理系が苦手で、全然わかんないわけじゃないんだけど、周りが期待するような点は取れなかった。推薦のこととかあるし、もうちょっと何とかなんないかなって……」

「手心を加えてもらおうと思った？」

雅也が言った。そういうこと、とうなずく。

「相談があるって言って……二人だけで会った。二回ぐらい？　ロコツに誘ったりしたわけじゃないけど、雰囲気は作ったかも。バカみたいにほいほい乗ってきた。処女だって言った。その方がよかったみたいだったし……」

「そうやって関係を持った？」

「まあね。向こうはレイプだと思ったかもしんない。すごい抵抗してやったし。そうじゃないんだけどね……証拠ってあん時のでしょ？　写真？　あいつ、頭おかしかったからね……何かしてるのはわかってたけど、写真撮ってたのか……ふうん。でも、もういいでしょ？　話は済んだんだから、写真返してよ」

「もうちょっと詳しく聞かせて」真由美が首を振った。「それから？　その後どうなった？」

「やられたふりしてわんわん泣いてやった。やってる時はエラソーだったけど、泣いたら悪いと思ったのか、謝ってきて……成績はどうにでもしておくって約束した。当たり前だろ、タダじゃないんだよって。こっちはそれで終わったつもりだったけど、あいつはしつこくて……メールや電話が死ぬほどきた。つきあってくださいだって。奥さんとも別れるからって。真剣なんだって」

瞳の顔が僅かに歪み、不快そうになった。十五歳らしいといえばらしい表情だった。

「あいつ、頭おかしいよ。どうかしてんじゃない？　中三だよ？　十五歳だよ？　真剣につきあいたいって？　結婚したいとか、そんなことも……バカだよ。あいつは四十のジジイじゃんよ。ねえ？」

「言いたいことはわかる」

「うざったいから無視してた。キヨヒってもよかったけど、担任だしね。本当に学校の用事とかあったらヤバいから、そういうわけにもいかなくて……ずっと放っといた。でもあいつ諦め悪くてさあ。とにかくもう一度会ってくれって。学校じゃないところで会いたいって。どんだけ続いたと思う？　一年近くだよ？　メールとか、毎日十本とか平気で送ってくるようになった。こりゃダメだって。ストーカーじゃん。何かされたらヤバいから、はっきりさせた方がいいって思った」

「賢明な判断だと思うよ。遅すぎるぐらいだ」雅也がうなずいた。「それで？」

「諦めさせなきゃムリでしょ……何日前だったかな、五、六日前？　会ってもいいってメール返した。すぐにあいつが来てさ、いつにする？　って。あいつ、完全におかしくなってた。教室でうちを捕まえて、みんながいるのにそんなこと……来週、とか適当に答えた。こっちは会いたいわけじゃないもん。先延ばししたかった」

「いつって決めてたわけじゃない？」

「そう。あいつがマジなのはわかったけど、何でうちなのよって。うちじゃなくてもいいでしょうに。よっぽど気に入ったのかな……知らないよ。関係ないし。ヘンタイのロリコン教師とつきあう気なんてないって」

「細野先生が殺された夜、君はどこにいた？」

雅也は聞いた。男、と瞳が面倒臭そうに答える。

「サラリーマンって言ってた。三十だっけかなあ……あの日は学校終わってから代官山に行った。ヒルサイドテラスの店に服見にいってたんだ。そしたらそいつに声かけられて、まともそうだったし金もあるみたいだったから、つきあってお茶飲んだ。それだけ」

「細野が神泉にマンションを借りていたのは知ってた？」

知ってたよ、と瞳が薄く笑った。

「うちと暮らすために借りたとか言ってたけど、そんなのウソ。もっと前から借りてたんじゃない？　何のためなんだかね。メールで場所とか教えてきて、いつだったか近くまで行った時に、ああここら辺かって……でも、あの夜は行ってない」

「片山修一くんとは仲がいい？」

初めて瞳が視線を逸らした。運ばれてきたコーヒーをひと口飲んで、そうかも、とつぶやく。

「どういう関係？」

「うち、クラスの男子とかどうでもよくて……興味ないし。話も合わない。つきあったって意味ない。でも修一はちょっとね……メールとかはけっこうしてる。話す時もあるよ」

「彼だけ？　どうして？」

「あいつ、ちょっとかわいそうなんだよね」瞳が目をつぶった。「親が離婚してるの。学校には言ってるのかな？　クラスの連中には何も話してないはず。うちの父親が修一の親の離婚裁判を担当したから、それで知ってた。子供は関係ないじゃんねえ……同情したのかな。うちから声をかけた。同い歳には興味ないけど、何となく……」

「それで？」

「あいつ……クラスでも浮いてて、悪っぽいこと言ったりするけど、本当はそうじゃなくて」瞳の頬にかすかに赤みが差した。「いろいろあったからだと思うけど、考え方とかけっこう大人でさ。話すと面白いし……あいつはうちのことをあんまり女として見てなくて、それもちょっといいかなって」

「はっきり言いなよ。好きなわけ？」

真由美がぼそりと聞く。どうなんだろう、と瞳が小さく首を傾げた。

「わかんない。ありかなあ、とは思うけど……でも、こっちから言うのはちがくない？　くやしいじゃん、そんなの。一回だけ、外で会わないかって誘ったけど、それは断られて……それからは別に何もない」

「君を断った? なかなかそりゃ……たいしたもんだね」

「でしょ? 何で断るんだよって。超尽くしちゃうんだけどな、うち。でも、好きな子がいるとか言ってたから無理だったのかもしんない。しょうがないけど」

「そりゃ残念だったわね。まあ、あんたは男は十分でしょ」真由美が苦笑した。「何やったっていいと思うけど、安売りはしない方がいいんじゃない？　もったいないよ。男って馬鹿だから、すぐ面倒なこと言うし……じゃ、あの夜は家に帰ったってことね？」

「そう」

「証明できる？」

雅也の問いに、証明って、と首を振った。

「家帰って、そのまんまだよ。フツーそうでしょ？」

「あの夜、あんたの家を見張ってた」真由美が言った。「帰ったのはわかってる。でも、夜中とかに抜け出したりしてたんじゃないの？」

「してないって。夜中に親が寝てから遊びにいったりしたことはあったけど、最近はゼンゼン。マジメになったんだよ」

コーヒーにミルクを注ぐ。これ苦くない？　と左右を見た。

「あえてストレートに聞くけど」雅也は身を乗り出した。「君が細野先生を殺した？」

「はあ？　うちが？　あいつを？　何で？」瞳が吹き出した。「そんなことするわけないじゃん。会ってもないいんだよ。マンションで殺されたんでしょ？　行ってないもん、そんなとこ。うちは関係ありません」

どうなんだろう、と真由美を見た。わからない、と目を伏せる。瞳の反応は自然だったが、それぐらいの演技はできる子だ。目の前にいるのは少女ではない。ある意味で七十の老婆より成熟している女だった。

「もういいでしょ？　これ以上話すことなんてない。うちは関係ない。よそに行ってよ。どっかに犯人はいるんでしょ？　知らないって、そんなこと。そんなのはいいから、写真を返して。あんなの表に出たらシャレになんないよ」

瞳が手を伸ばす。わからないわあ、と真由美が首を振った。

念のために連絡先を聞いてから瞳を帰し、雅也は金城に電話した。どうだったと聞かれて、ありのままに伝えた。

「細野と関係を持っていたことは認めています。一度か、せいぜい二度ぐらいでしょう。細野が何をどう思ったかは不明ですが、彼女に対して強く魅かれるものを感じていたようですね。交際を申し込み、妻と別れるとまで言ったと」

「なるほど」

「それは嘘じゃなさそうです。細野は真剣だった。去年の夏、水沢瞳と関係を持ってから、細野のレイプの記録は途絶えてますよね？　あれは瞳への思いが真面目なものだったからじゃないでしょうか。それ以降、別の女をどうこうする気がなくなったんじゃないかと……」

「かもしれない。その辺のところは細野本人にしかわからないだろう。今、どこにいる？　真由美くんは？」

「青山です。学校近くの喫茶店を出たところです。あいつは瞳の後をつけるって言ってま

8

した。何かあるかもしれないって」

「そうか。では君はすぐ南青山署に来てくれ。場所はわかるね？　私はもう来ている。田代刑事と会う段取りを取っているところだ。君も一緒に会った方がいいだろう」

「勾留中じゃないんですか？　面会できる？」

「現職の刑事だぞ」金城が声を低くした。「普通の犯罪者とは違う。取り調べは慎重に行われている。マスコミもまだ知らない。こんな時のために警視庁の偉い奴らにお中元とお歳暮を配ってるんだ。堤弁護士にも動いてもらった。どうにかなるだろう」

タイミングよく、目の前を空車のタクシーが走ってきた。右手を上げて止める。電話を耳に当てたまま、南青山警察署まで、と言った。

「お中元とお歳暮？」

「言葉のあやだ。挨拶は欠かしてないってことだよ。捜査の邪魔をしようってわけじゃない。少し話すぐらい誰の迷惑にもならんさ」

「そりゃあ……そうかもしれませんが」

「警察っていうのは意外に融通が利く組織なんだ。コネがあれば何とかなる。それで、水沢瞳は他に何か言ってなかったか？」

「……特には」

「レイプだったのか？」

「どうなんでしょう？　細野はそのつもりだったようですが、あの子は相当したたかですよ。中学生とは思えないぐらい経験がありそうです」

バックミラー越しに見ていた運転手と目が合った。いや、その、と声を潜める。

「今時の女の子ってことなんでしょうか。ぼくにはちょっと理解が……」

「童貞青年にはわからないか？」

「ぼくは童貞じゃありません。何を言ってるんですか！　あんなキャバ嬢崩れの言ってることを真に受けないでください。あいつは下品で頭の中はセックスのことしかないんだ。ぼくに経験が少ないのは認めますが、それをごちゃごちゃ……」

「ストップ。どうでもいいことだ。ちょっと待て……弁護士が戻ってきた」金城が何か小声で話している様子が伝わってきた。「井上くん、聞こえるか。面会できる。十分だけだがね」

「待っててください、すぐ着きますから」

南青山警察署の建物が見えてきた。四階だ、と金城が言った。

「四階の特別室に来い。そこで待ってる」

電話が切れた。同時にタクシーが停まる。千円札を渡して飛び降りた。お釣りがもったいなかったが仕方ない。

警察署に飛び込んで、四階まで階段を駆け上がる。何なんだ、という目ですれ違った警察官が見ていたが、すいませんすいませんと手を振りながら走った。

長い廊下を早足で進みながら順に部屋を見ていくと、奥に特別室というプレートがあった。ノックだけして、返事を待たずにドアを開ける。ソファに金城が座っていた。

「頑張ったな。なかなかいい記録だ。彼女はすぐ来る。ここに座りたまえ」

隣を指さす。シャツのボタンを首まではめてから腰を下ろした。しばらく待つと重いノックの音がした。はい、と金城が返事をするとドアが開いて二人の刑事に伴われた田代千賀子が入ってきた。

顔色がやや青白くなっている。困惑しているのか、表情がどこかぎこちない。十分間ですと刑事の一人が言って、千賀子を向かい側に座らせた。二人は立ったままだ。

「こんにちは……疲れてませんか？」

金城が聞いた。千賀子が小さく笑う。答えはなかった。時間がありませんので率直に聞きます、とテーブルに手を乗せた。

「あなたは細野を殺していませんね？」

「……いえ」千賀子が首を振る。「わたしが殺しました」

「大体のことはわかっています」金城が話を続けた。「いずれ真相は明らかになりますが、今なら事態を修復できます。あなたは犯人をかばっている。女の子だ。名前もわかっています。水沢瞳という子です」

千賀子が目を伏せた。話してもらえませんか、と覗き込む。

「どこかの段階で黒井警視はその事実に気づくでしょう。今日なのか明日なのか来週なのか、それはわかりませんが、必ず彼はあの女の子のことを知る。止められません。あの男は何をするかわからない。女の子をどう扱うか、あなたの方が予想はつくんじゃありませんか？　中学生が教師を殺したとなれば、事件はセンセーショナルなものになる。見逃すような男じゃない。女の子の実名だって公表しかねません。あの子の人生は目茶苦茶になる。あの男はそんなこと気にしない」

二人の刑事が顔を見合わせる。彼らも知りました、と金城が顎で指した。

「黒井警視は馬鹿じゃない。モラルがないだけで、優秀な男だ。だから面倒なんですがね、それはいいでしょう。今なら間に合うということが言いたい。あなたが本当のことを話せば、我々が責任を持ってあの子を説得し、自首させる。こっちはあの子がどこにいるか摑んでいます。我々の方が警察より早い。あの子をあなたが信頼できる刑事に引き渡しましょう。外部に漏れないように処理することも可能なはずだ。少なくとも実名や顔写真が出ることは防げる。あの子を守りたいなら、今話すべきです」

千賀子が顔を上げて金城を見つめた。話しなさい、と繰り返す。手のひらを額に当てた千賀子が、何度もまばたきをしながらゆっくりと口を開いた。

「細野があの子と……水沢瞳と会う約束をしたという話をあなたから聞きました。脅かされて会うのだと思いました。会えばあの獣は何をするかわかりません。いえ、わかっています。また同じことをするのでしょう。止めなければならないと思いました」

「またレイプ行為に及ぶと？」

そうです、と千賀子がうなずいた。

「再犯率の高い犯罪です。鬼畜の本性は変わりません。レイプがまた繰り返されるのだとしたら、女の子にとっては地獄です。止めなければならなかった。神泉のマンションのことも聞いていましたから、最終的にはそこで会うのだろうと思いましたが他の場所かもしれません。細野の自宅へ行き、見張りました。自宅に少女を呼ぶことは考えられません。会うとすれば外へ出るはずです。あなたの部下の方も見張っていましたね。わたしは離れたところからその様子を見ていたんです」

「それで？」

「夜が深くなり、あなたの部下はいなくなりました。今夜は動かないと判断したのでしょう。わたしもそう思いましたが、念のために残りました。深夜になって細野が出て来て……後をつけたんです」

「神泉へ行った？」

「マンションの場所はわかっていましたから、慌てる必要はなかった。慎重に事を進めなければなりませんでした。これで最後にしなければならなかった。もうあの男が少女に乱暴するのは終わらせなければならないとわかっていました。確実に逮捕しなければなりません。外から様子を窺いました」

「うちの探偵が現場付近にいたはずなんですが」

「細野が……朝比奈さんを襲ったところを見ていたと言いましたが、それは嘘です。わたしがマンションに着いた時、彼女の姿はありませんでした。そこはよくわかっていないのですが、おそらく細野が彼女を襲い、自分の部屋に運んだ後にわたしはマンション近くに着いたのでしょう」

ゆっくりと千賀子が話し続ける低い声が特別室に流れた。

「隣にあったマンションに入って、そこからしばらく細野の部屋を監視しました。何も起きなかった。今日ではなかったのかもしれないと思いました。会う約束をしていたが、日時ははっきりしていないとあなたも言ってました」

「そうです」

「一時間以上待ち続けましたが、何も動きはなかった。諦めて帰ろうと思った時、女の子がマンションに来て……細野の部屋に入っていきました」

「何時頃です？」

雅也は聞いた。正確には覚えていません、と千賀子が首を振る。

「深夜一時前後だったと思います。わたしも時間を確かめている余裕はなくて……女の子は一人ではありませんでした。後ろから少年がマンションに入っていくのを見ました。知らない子です。女の子は少年に気づいていなかったと思います」

「それから？」

「少年は細野の部屋の前に行きました。通路から中の様子を窺っていたようです。中で何があったかわかったかどうかは……通路側から室内は見えません。音ぐらいは聞こえたのかもしれませんが……」

「あなたは動かなかった？」

「現場を押さえなければならないという思いがありました。ぎりぎりまで待つべきだと。少女が危険なのはわかっていましたが、細野を逮捕するためには確実に現行犯で逮捕しなければならなかったからです。少年がいなければ部屋の前まで移動するつもりでしたが、何をしに来たのかわからなかったのでうかつには動けませんでした。少年が部屋の前で立っていたのは数分のことで、いきなりドアが開いて女の子が飛び出してきました。ひどく混乱していたようで、少年の姿は目に入らなかったでしょう。ものすごい速さで走り去っていきました。少年は追いかけていきましたが、どうなったかは……」

「あなたはそれからどうしました？」

「様子を見ていましたが、動きはありませんでした。戻ってくる者もいないし、出てくる者もいない。二、三十分経ってから部屋の前まで行きました。何が中で起こったのかは、わたしがいた場所からではわからなかった。中に踏み込もうと思ったのですが、鍵がかかっていて入れませんでした。しばらく試してみたんですが、どうにも……とにかく少女が無事だったのはわかったので、そのまま帰りました。もう電車は走っていませんでしたから、タクシーで……」

「その時点では何が起きていたのかわからなかった？」

「わかりませんでした。細野の死体が発見されたことを知ったのは翌日です。ニュースを見て、昔の同僚に電話をかけて細かい話を聞きました。そんなことをしたのは、やっぱり何か予感めいたものがあったからでしょう。あの部屋で何かがあったのは間違いないと思っていましたから……」

金城が時計を見た。十分ジャスト。だが二人の刑事は何も言わない。話の続きを聞きたいようだった。

「もちろん、犯人はあの女の子です」千賀子が小さくうなずいた。「細野は水沢瞳と会うことになっていた。少女は部屋を訪れ、そこで何らかの形で争いになった。故意なのか偶然なのかはわかりませんが、いずれにせよ彼女はそこにあったナイフで細野を刺して逃げた。他に可能性はありません。あの子が犯人なんです」

目配せをした刑事たちの一人が特別室を出て行く。あの子は被害者です、と千賀子がテーブルに両手を乗せた。

「レイプされた過去がある。教師に乱暴されたんです。誰にも話せなかった。話すことはできないんです。わかりますか？　その苦しみが……」

雅也は目を伏せた。わかるとは言えない。当事者でなければわからないだろう。そして千賀子は過去に当事者だったことがあった。

「細野は異常者です。歪んだ欲望を聖職者という仮面の下に隠していた。鬼畜以下の犯罪者なんです。あの子は脅かされていたのかもしれません。無理やり呼び出された。またレイプされそうになった。誰だって抵抗します。ナイフがあったのはたまたまで、殺すつもりはなかったんじゃないでしょうか」

「そうかもしれない」金城がつぶやいた。「正当防衛を主張できる立場にいた。ですが、それならそうと言えばよかった。逃げるべきではなかったんじゃありませんか?」

その通りですが、と千賀子が肩を落とした。

「正当防衛か過剰防衛だったか判断が難しいのは言うまでもありません。あの時何があったのか? 現場だけ見れば少女が教師を刺し殺したということになります。正当防衛が証明されたとしても、あの子が人を殺したという事実は変わりません。その教師と性的な関係があったこともわかるでしょう。マスコミや世間は騒ぎます。あの子の精神的な傷は一生残る。先の人生はありません。いつまでも噂はつきまとうでしょう」

「……その通りですね」

「細野が殺されたと聞き、あの子が犯人だとわかりました。わたしは自分の過去を振り返り、あの子の将来を考えたんです。レイプ被害者がどんなに辛いか、苦しいか、それは誰にもわかりません。わたしは自分に乱暴した教師を訴えたいと思いましたが、両親に止められました。将来のことを考えなさいと泣いて説得された。そんなことをしたら死ぬまで汚れた女と中傷される。表ざたにしてはいけないと。そうなんでしょう。黙って耐えるしかなかった。ですが、二十年以上経った今でも忘れたことはありません」

千賀子の目から涙がひと筋流れた。黙ってハンカチを差し出した金城に、ありがとうございますとつぶやく。

「誰にも言えない秘密を抱えて生きてきました。友達も、恋人も作れなかった……いつも一人でした」

「もう十分です。それ以上は……」

いえ、と千賀子が首を振った。

「話したいんです。刑事になったのは、弱い立場の女性を守ろうと思ったからです。女のことを本当に理解できるのは女だけで、男の人が何と言おうとそれは事実なんです。刑事になり、女性に対する犯罪については特に厳しく対処しました。やり過ぎたこともあります。そのために左遷もされましたが、仕方がないと思っていました。できる限りのことをして女性を守る。それが生きがいだったんです」

金城がそっと手を伸ばして、千賀子の肩に触れた。かすかな微笑みが浮かぶ。ありがとうございます、と繰り返した。

「今、十五歳の女の子がわたしと同じ立場になった。わたしは運が良かった。親がわたしを連れて引っ越したので、あの男がそれ以上人生に関わってくるようなことはなかった。でもあの子は違う。細野はあの子につきまとい、関係の継続を迫った。誰にも相談することもできず、どうすることもできないまま、一人で解決しようとした。手段を誤り、殺してしまった。これから先、ずっとあの子につきまとう問題です。本人が受けたショックも考えなければならない。人殺しになったんです。まともではいられません。どうにかしなければならない。だから身代わりになることを決めました」

「それは間違っていませんか?」金城が重い声で言った。「本質的な解決にはならないでしょう」

「いいんです。一人の少女を救えないのなら、何十人何百人救えなくたって同じです。わたしがやらなければならないと感じました。幸い、南青山署が事態を静観すると決めたおかげで、あの子の存在に気づいている警察関係者はいません。細野は注意深くあの子との関係を隠していました。秘密を知る者はいないんです」

「ぼくたちは……知ってましたよ」

雅也は言った。あなたたちはわたしの依頼で動いていました、と千賀子が薄く笑った。

「わたしの許しがなければ、あなたたちは誰にも言えないはずです。金城さんは信頼できる人だとわかっています。許可なしには誰にも漏らさないだろうと信じていました。わたしには細野を殺す動機があった。状況は一課の同僚から聞いていましたし、これでもそこそこ経験のある刑事です。矛盾のない供述ができる自信はあった。だから自首しました」

「いずれは真相が明らかになったと思いますよ」

金城が言った。そうなんでしょう、と千賀子がうなずく。

「あなたの言う通りです。黒井警視なら真相に気づくかもしれない。それは仕方ないのですが、対処を誤る可能性は高い。あの男は水沢瞳のプライバシー保護に配慮しないでしょう。実名だって写真だってマスコミに流しかねない。そんなことになったらあの子の将来はめちゃくちゃです。そうなる前に自首させてください。お願いします」

千賀子が深く頭を下げた。そうします、と雅也は立ち上がった。誰に任せればいいでしょうか、と金城が聞いた。

「捜査一課に夏川《なつかわ》という女性の刑事がいます」千賀子が顔を上げた。「若いですが、熱心で正義感の強い刑事です。夏川と話してください。正しい手順を踏んで、捜査に当たってくれるでしょう。わたしは間違っていました」

「よく話してくれました」金城が立っていた刑事に目を向けた。「しばらく黙っていてくれますね？　田代刑事は間違った手段を取ったが、根底にあったのは少女を救いたいという思いだ。警察官なら無視出来ないはずです。違いますか？」

刑事が無言で千賀子を立たせ、わかっているというようにうなずく。行こう、と金城が言った。

「真由美くんに連絡を。あの子を押さえるんだ」

わかりました、と雅也はスマホを取り出して千賀子の前に差し出した。

「……あなたが見たのはこの子ですね？」

呼び出した水沢瞳の写真を見せた。会った時に撮影していたものだ。じっと見つめていた千賀子が僅かに首を曲げた。

「いえ、違います……この子は？　誰ですか？」

「水沢瞳です」雅也は自分でも写真を見た。間違いない。会ったばかりです。写真を撮ったのはついさっきのことで……」

「知りません」千賀子が首を振る。「この子が水沢瞳なんですか？　こんな子は見ていません。そもそもわたしは水沢瞳の顔は見ていなかったんです。それで金城さんに頼んだんです」

金城と視線が合う。どういうことだ？　と問われて、わかりませんと答えた。どうなっているのだろうか。

9

南青山署を出て事務所に向かいながら真由美に電話する。出ない。何をしてるんだあいつは、とつぶやいた時金城のスマホが鳴った。

「立木ですが」スピーカーホンから声が流れ出した。「話せますか？」

「どうぞ」

「現場近くのコンビニに設置されていた防犯カメラなんですが」後ろで派手なクラクションの音が聞こえた。「わかったよ、電話しながら歩くなって？　うるせえな……あ、すいません。カメラが映していた通行人を全部プリントアウトしましてね。いや面倒臭かったですよ。金もかかったし」

「さっさと話してくれ」

「すいません。それを栄川の生徒に見せたんです。警察も同じことをしようとしてたんですけど、連中は手続きを踏まなきゃならないんでね。公務員だから大変ですよ。こっちはルール無用ですからねえ。ひと足お先に聞き込みができたってわけで」

「どうだった？」

「何百人っていましたんで、それなりに時間はかかりましたが、二、三十人ほど聞き回ってわかったことがあります。防犯カメラに映っていた中に栄川の生徒がいました。女の子です。三年生、草野裕美って子でした」

「草野……裕美？」

聞き覚えがある、と金城がつぶやいた。立木が報告を続ける。

「他には映っていないようです。いや、片山修一って言いましたっけ？　あのガキは映ってましたけどね。あいつはその草野って女の子のすぐ後ろを歩いてました。距離などから考えると、どうもつけていたように思えます。クラスが一緒なんですが、どうしてつけたりしたんですかね？　友達じゃないのかな？　声をかけてもいないようだし……」

「その女の子の……草野裕美の連絡先を調べてくれ」金城が命じた。「住所もわかるとありがたい」

「生徒たちに聞いてみましょう。またマック連れていかなきゃならんのかあ……マクドナルドって結構高いと思いませんか？　何人も連れてくと、そこそこの金額になるんですよね。またあいつらがよく食うんですよ――」

金城が無言で電話を切った。どういうことなんでしょう、と雅也は聞いた。もう少しだ、とつぶやいてスマホに触れる。

「はい、徳吉」

「金城です。片山修一のことなんですが……」

「今、目の前にいますよ」徳吉が笑う声がした。「さすがは社長。タイミングがいいですね」

「どこにいるんですか？」

「彼の家です。いろいろありましたが、説得したら入れてくれましてね……話を聞いていたところでした」

「何かわかった？」

「あの晩、細野の部屋に行ったことは間違いないと」徳吉の声が小さくなった。「そこは認めました。ただ、部屋がどこにあるか知っていたわけではなかったようですな。社長の読み通り、細野の後をつけて部屋まで行ったわけじゃないようです。別の手段でたどり着いたんでしょう。おそらくは違う誰かを尾行していたら、行き当たったということなんじゃないでしょうか」

「誰かとは？　名前は言った？」

「そこはねえ……その話になるとだんまりです。いや、仲良くなったはなったんですけど……だよな？」

「聞き出してください。草野裕美という名前を出してみてはどうでしょう。少年が話したらまた連絡をしてください」

事務所へ戻りながら、片山修一は細野の部屋を知らなかったと金城が言った。

「知っていたはずがない。細野は誰にも話していなかったし、女房にさえも秘密にしていた。捜し当てるのは我々プロでも難しかった。中学三年生が見つけることなどできるはずがない」

「彼はあの晩偶然細野を見かけて、後をつけたと言ってましたが」

エレベーターを降りながら雅也は言った。そりゃどうかな、と金城が廊下の途中で立ち止まる。

「そんなに都合のいい話を信じろと？　そうはいかない。そんなのは嘘だ。だが彼は細野のマンションに行き着いた。どうやったか。もちろん、別の女の子の後をつけていったんだ。どういう関係かはわからないが、何か察するところがあったんだろう。そしてその女の子というのは……」

「草野裕美……？」

「それしかない」金城が指を鳴らした。「ではなぜ、修一は裕美をつけた？」

もしかしたらわかるかもしれません、と雅也はスマホを引っ張り出した。番号は会った時に聞いていたが、かけることになるとは思っていなかった。

「もしもし？　井上と言いますが」

「ああ……どうも」

水沢瞳の暗い声が聞こえた。

「さっきの探偵だけど」

「わかってる……まだ何か用？」

「ひとつ教えてほしいんだけど……君は片山修一くんに好意を持っていると言ったね？」

「好意？　どうなんだろう。わかんない。いい奴だけど」

「彼に告《コク》った？　ふられたかい？」

「……からかってんの？」

「そうじゃない。彼には好きな子がいたんだ。だから君みたいな魅力的な女の子でもあっさりふった」

「かもね」

「その好きな子に心当たりはない？」

「……知らない」

「草野裕美じゃなかったか？」

「……修一が？　そう言った？」

「そういうことになるのかなあ……」

「あんなブス、どこがいいんだろう」突然瞳がまくし立てた。「メガネ萌え？　バッカじゃない？　暗い女で、いつだって隅っこで黙っててさ……何考えてるんだか。真面目な顔してるけど、あいつは……」

「ストップ」雅也が止めた。「……彼女なんだね？」

「……たぶんね」瞳が吐き捨てた。「修一もやっぱりガキなんだよね。おとなしくて、何でも言うこと聞く女がいいんだよ、きっと。うちの方がゼッタイいい女なのに、どうしてわかんないんだろう。ねえ、男ってみんなそう？　つきあうんだったらああいう女の方が……」

横から手を伸ばした金城が通話を切った。

「君に相談しても仕方がない。童貞には難し過ぎる問題だ」

「ぼくは童貞なんかじゃ……でも、本当なんでしょう。片山修一は草野裕美に好意を持っていた。それ以上の気持ちがあったのかも……偶然町で見かけた？　学校から？　どっちにしても、後をつけた。そして細野のマンションに行った？」

「入ろう」金城が探偵社のドアを開いた。「いくつか連絡の必要がある。少女に会わなければならない」

了解、と雅也は金城の後に続いて部屋に入った。

10

代々木駅前にあるロングタイムというオープンカフェで、雅也は金城と並んで座っていた。道路に面していて、男二人で座っていると恥ずかしいものがあったが、外の席で待つと伝えていたので仕方なかった。

「学生が多いな」金城がライムジュースに口をつけた。「予備校の町だ。懐かしいね」

「通ってたんですか？」

「いや、私は御茶ノ水だった。代々木は模試の時しか来たことがない」

時計を見た。約束の時間を二十分過ぎている。

その後しばらく待つうちに立木から連絡があり、草野裕美の携帯番号と顔写真が送られてきた。クラスメイトから金で買ったというその番号に電話をかけてみると、意外なぐらいあっさり出た。

私立探偵だと名乗り、会ってほしいと頼んだ。細野先生のことで聞きたいことがあると言うと、わかりましたという答えが返ってきてこの店を指定された。家から近いのだという。

到着したのは三十分ほど前だ。客は若者ばかりで、しかも女性が圧倒的に多い。浮いてるなあと思ったが、どうしようもなかった。

「ケーキでも食べますか?」半ばやけになって言った。「どうせならその方がまだなじんでいるように見えるんじゃないですかね」

「グルメ雑誌の記者のつもりでいればいい」金城が肩をすくめる。「君より私の方が恥ずかしいんだ。四十を超えた男の来る店じゃない」

「社長はおいくつなんですか?」

自然な流れで聞いたつもりだったが、金城は笑って首を振るだけだった。更に十分待ち、来ないのではないかと思い始めた時、小柄でショートカットの女の子が近づいてきた。

彼女です、と写真を見ながら雅也は囁いた。そのようだ、と立ち上がった金城が声をかける。よくわからない、という顔で少女が席についた。何か頼みなさい、と金城がメニューを開いた。

「……キウイジュースを」

裕美がかすれた声で言った。中学三年生のはずだが、それより幼く見える。腕も脚も細い。やや大きめの白いブラウスと紺のニットスカート。ピンクの縁の眼鏡がよく似合う、普通の女の子だった。

「私たちは警察じゃない」オーダーを店員に告げた金城が話しだした。「電話でも言ったが、私立探偵だ。君を拘束する権利はない。嫌なら帰っても構わないが、話を聞かせてもらえると助かる」

「細野先生のことって……どういう？　何を聞きたいんですか？」

不安そうに金城と雅也を交互に見る。守られるべき少女の表情だった。

「細野先生が殺されたことは知ってるね？」金城が声を低くした。「君があの晩、先生のマンションにいたことを私たちは知っている。神泉にあるあの部屋だ」

答えはない。ただまっすぐ金城を見つめている。話した方がいい、と遠慮しながら雅也は声をかけた。

「全部正直に言った方がいい。信じてほしい。ぼくたちは君の味方だ。本当のことを言ってくれれば、必ず君を守る。辛い目にはあわせない」

「彼の言う通りだ」金城が顎をしゃくる。「信頼できる人間に君を託す。いずれにせよ、近いうちに君のところに警察が来るだろう。その前に認めた方がいい。後の処理もしやすくなる。話しなさい。なぜ殺した？」

雅也は辺りを見回した。女の子たちが楽しそうにお喋りをしている。店には流行の音楽が流れ、店内は明るかった。自分たちだけが間違った場所にいると思った。なぜ殺した、という金城の言葉が宙に浮いていた。

「……あたしは細野先生のことが好きでした」裕美が静かに話し始めた。「青山栄川に入った時、入学式で初めて見て……父と雰囲気が似てるんです。優しそうで、何でもわかってくれるような……」

「細野は担任だった？」

「そうです。よく考えたら、それはたまたまそうだっただけなんですけど、あたしにとっては昔から決まってたことのように思えて……数学は苦手でしたけど、一生懸命勉強しました。わからないこととか質問とかあればすぐ聞きに行くようにして……」

「ずいぶん積極的だね」

先生と一緒にいたかったんです、と裕美がうなずく。

「一年間、そんなふうに……正直、細野先生は他の女子からそんなに人気があったわけじゃなくて……でも、それはあたしにとってラッキーっていうか、独り占めにできるって思いました。年が明けた二月、バレンタインデーに告白しました」

「細野は？　受け入れた？」

はい、と裕美が嬉しそうに微笑む。

「先生も好きだよって……キスしてもらいました」

「君は中学一年生だった。十三歳？　細野は三十七か八だったはずだ」金城が眉をひそめた。「多少……いや、かなり非常識なんじゃないか？」

「……人を好きになるのに、年齢は関係ないって思いました」うつむきながら裕美が言った。「そう先生も言ってくれたし、よくないことなのかもしれないけど、あたしは嬉しくて……」

「つきあうようになった？」

「……はい。しょっちゅうは会えませんでしたけど、毎日電話やメールで。ホームルームとか、数学の時間とか、先生はあたしのことを時々見てくれて……二人だけの合図があったんです。それで気持ちを確かめ合って……前よりもっと熱心に勉強するようになりました。学校に残って、先生と二人でずっといたこともあります。先生は車で来ていたこともあって、そんな時は家まで送ってくれました」

「興味本位で聞くわけじゃないんだけど」雅也は右手を上げた。「先生とは……何て言うか、つまり……」

「そうです」あっさりと裕美が認めた。「そういう関係になりました。あたしが望んだんです」

「それはまずいんじゃないかなあ」どう言っていいかわからず、頭をがりがりと掻いた。

「君は中学生で、そういうのはちょっと早いんじゃないかなあと……」

「あたしがそうしてほしいってお願いしたんです。先生は悪くありません」

きっぱりと言った。関係性はわかった、と金城が指を振る。

「それについて、今は何も言わない。それからのことを聞かせてほしい」

「先生はすごく優しくて、休みの日に遊びに連れていってくれたり、食事したり……だけど、誰かに見つかったらまずいからって、だんだん神泉の部屋でしか会ってもらえなくなって。でも、それは仕方がないことで……」

「君の体が目的だったんだ、あいつは」雅也は吐き捨てた。「わかってるかい？　そういう奴なんだよ」

「いけないですか？　あたしはそれでよかった。嬉しかった。幸せでした。先生と一緒にいられればそれで十分だったんです。二人だけで何時間か過ごせればそれで……あなたにはわからないでしょうけど」

「確かに、それもひとつの愛の形かもしれない。モラルについても今は言うまい」金城が小声で言った。「だが、いつまでも続くものではないだろう。そうだね？」

裕美が目を伏せる。表情が澱《よど》んでいた。

「三年になってからもしばらくはそんなふうだったんですけど、六月ぐらいからメールの返事が来なくなって……電話をかけても出てくれないし、学校ですれ違ったりしてもあたしのことを見ないように……何でなのかわからなかった。前みたいに、笑いかけてほしかった。何をしてほしいとかじゃないんです。笑ってくれればそれだけで良かったんですけど、避けられてるってわかりました。でも、どうしてって。そんな、突然……」

「飽きられたんだろ」雅也は唇を曲げた。「それだけの関係だったんだ」

「そんなことありません」裕美が頭を大きく振った。「先生はあたしのことを……」

それで君はどうした？　と金城が優しく聞いた。夏休みになって家へ行きましたとつぶやく。

「自宅は知ってました。家の近くへ行って、二日間立ってたら先生から電話があって……止めろって。ストーカーかって。警察に通報するって。なぜなんですかって聞きました。教えてくれればこんなことはしませんって。そしたら、先生は瞳の名前を言いました。つきあってるんだって……」

「瞳？　水沢瞳？」

「はい。きれいな子です。目立つし、成績もいいし、クラスでは一番上のグループの子です。でも、女子たちからはそんなに好かれてなかった。むしろ嫌われてたかも……誰のことでも馬鹿にしたような話し方をするし……」

「彼女と交際していると細野が言ったんだね？」

「はい。あたし、瞳のことを調べました。夏休みだったし、あの子の住所もわかってたから……ずっと見張って、後をつけたりしました。細野先生と会っていた様子はなかったけど、よくわからない男の人と毎日のように会ってました。毎回違う人です。ホテルとか、そういうところにも行ってました。十四歳なのに、何人もの男の人と……不潔で、いやらしい女だってわかりました。先生にはふさわしくありません。先生は騙されていたんです」

「別れさせようと考えた？　警察に告発メールを送ったのも君だね？」

金城がまっすぐ見つめる。そうです、と小さくうなずいた。

「学校を退学させようと考えました。そうすれば自然と別れるだろうって。先生も諦めると……複数の男の人と不純な関係を持っていると書いたけど、それだけじゃ弱いと思ったんで小学生にいたずらしてると付け加えました。瞳がそんなことしてないのはわかってましたけど、警察に動いてもらうためにはそれしかないって……調べれば、不純異性交遊の事実はわかるでしょう。問題になるのは確実だし、栄川は名門校だからそれだけで退学処分になるはずでした」

「退学の理由を細野先生が知れば、別れると考えたんだね？」

「はい。そんなひどい子とは別れるしかないじゃないですか。でも、警察は動いてくれませんでした。メールが一通だけじゃ弱かったんだと思って、二通目を送りました。細野先生と不適切な関係にあると書きました。他に警察が動いてくれそうな理由を思いつかなかったということもあります。瞳の側から誘ったと書いたのは、そうすればあの子だけが処分されるだろうって……」

「それは間違っている。彼女にも問題はあるが、関係を持った大人の責任の方が重い」金城が苦い表情になる。「だが、そこまで考えが及ばなかったというのはわからなくもない……それからどうした？」

「細野先生にはずっと毎日電話やメールをしていました。そんなことしてたら余計に嫌われるって思ったけど、でもどうしようもなくて……自分で自分を抑えることができなかった。何度か、職員室で話すことができました。あたしは少し成績が落ちていて、指導のために話し合わなければならなかったんです。話すと、それだけで泣いちゃって……自分でもどうしてこんなに好きなのかわかりませんでした。でも、それは止めようがなくて……」

「職員室でと言ったね？　他の先生もいただろう。泣いたりして、不審に思われたりはしなかった？」

「たぶん、そうなんだと思います。その後しばらくしてから、電話がありました。話をしようって。マンションで待ってるからって。気持ちが通じたと思いました。わかってくれたんだって……それであの夜、神泉へ行きました」

「また元の関係に戻れると君は思っていた。だが、そうではなかった」

「……マンションに行くと、部屋には通してもらえませんでした。入ってすぐ、キッチンで話しました。勘弁してくれっていきなり言われて……泣いたりするのは止めてくれ、他の先生が妙に思う、馬鹿なことは止めろと。あたし、謝りました。その通りだと思ったし、先生の立場も考えるべきだったと。だけど……だけど……」

裕美がグラスの水を一気に飲んだ。目の焦点が定まらない。水のお代わりを、と金城が手を上げた。

「何を言われた？」

「お前のことなんか、好きでも何でもなかったって……体が目当てだったたって」裕美の目に涙が浮かんだ。「そんなはずないって言いました。先生は何度も、愛してるよって言ってくれたんです。でも、そんなの嘘に決まってるじゃないかって呆れられて、笑われて……一緒にいるのが苦痛だとも……愛してなんかいないって。最初からそうだったたって……」

「それで?」

「もうつきまとうなって、はっきり言われました。メールも電話もするなと。妙な目で見たりするなって。どうしてですかって聞いたら、先生はやっぱり瞳の名前を言いました。彼女とつきあいたいと思ってると……お前なんかとは違う、本気なんだって」

「だけど、細野は水沢瞳とは会っていなかったんだろ?」雅也は聞いた。「つきあいたいって言ったのかい?」

「そう言いました。去年の夏、一、二度関係を持ったことを言って、忘れられないと……あたしは、瞳も自分と同じなんだろうなって思ってました。そういう関係があったんだろうということは想像がついたし、それはそれでいいって……だけど、先生はあたしとは違うんだって……体だけのことを言ってるんじゃなくて、瞳の心が欲しいんだと……」

「どうして細野はそう思ったんだろう」雅也は首を捻《ひね》った。「瞳本人から話を聞いたけど、彼女は交際しているつもりはなかったと言ってる。そんなことを言ったこともないし、好きになったわけじゃなかったと。それは細野もわかっていたはずだけど、それなのにどうして彼女に執着した?」

「君にはわからないことだ」金城が雅也の肩をそっと叩いた。「男女の仲は年齢や環境じゃない。どうして一人の人間を愛してしまうのかは、人類にとって永遠の謎だ」

「あたしにはわかりませんでした。混乱して……」裕美が顔を手で覆った。「あたしは先生を愛してる。瞳は愛してない。次から次へ、何人もの男と寝るような子なんです。頭がおかしい子……でも、先生は瞳を愛してるって」

「残酷な話だ」

金城がぽつりと言った。あたしは知ってることをぶちまけました、と裕美が激しく体を震わせた。

「あたし、ずっとあの子のことを調べてたから、全部知ってたんです。あの子がどんな男とつきあってるか、何をしているか……話しました。何人もの男と寝てる、いやらしい女なんだって。本当のことを教えなければ、先生はずっと騙されたままだって思ったから……先生がどう思ったのかはわかりません。ショックは受けたと思うけど、そんなことはいいんだって言いました。瞳じゃなきゃ駄目なんだって。話は済んだ、わかったら帰れって言われて……キッチンで揉み合いになりました。ナイフがあったのは偶然で、どうしようって思ったわけじゃありませんけど、かっとなって訳がわからなくなって、ナイフで先生を刺しました。後のことはよくわかりません。覚えてないんです……気がついたら、マンションの外にいました。何もわからないまま帰りました」

「そうか」

「あたしは先生を本気で愛してました。だけど先生は応えてくれなかった。瞳は先生を愛してなんかいない。でも瞳を選ぶって言いました。本当にそう思ってるのがわかって……先生は一生あたしのことを見てくれないってわかりました。あたしのものにはならないんだって。殺すしかなかった。あたしだけの先生にするにはそれしかなかったんです。あたしが先生を刺しました」

話を終えた裕美が指で前髪を整えた。かすかに微笑む。痛々しい表情だった。

「……細野は君を愛していたと思うよ」雅也は手を伸ばして裕美の腕にそっと触れた。「愛していないと言ったかもしれないけど、心のどこかでは愛していたと思う」

「そんなこと……」

裕美がうつむく。いや、と雅也は首を振った。

「細野は君に刺された。傷が深いことはわかっただろう。死ぬかもしれないと直感した。時間がほとんど残っていないことだってわかったはずだ。最後に何を思ったか。君を守ろうとしたんだ」

「あたしを……守る？」

「自分を刺したのは別の人間だと見せかけようとした。君は見ていなかったようだけど、あの時リビングには別の女性が倒れていた。細野を見張っていたぼくたちの仲間の探偵だ。

細野は彼女に刺されたことにしようと考えた」

「どうして、そんなこと……？」

「ずっとわからなかったことだけど、部屋に鍵をかけたのは細野だった」雅也は話し続けた。「中から鍵をかけて、現場には玲子さんというその探偵以外誰もいなかったことにしようとした。刺された傷は痛んだはずだ。動くのがやっとだったかもしれない。それでも、細野は君を人殺しにしたくなかった。玲子さんは細野にとって赤の他人で、罪をかぶせてもいいと思ったんだろう」

続けたまえ、と金城が言った。表情が柔らかかった。

「他にも何かしたかもしれない。ナイフについた君の指紋をふき取ったり、君がいた痕跡を消そうとしたのは間違いない。最後の力を振り絞ってそうしたんだ。そして細野は死んだ。その現場を見つけたのはぼくで、警察に通報した。連中は玲子さんが殺した可能性があると考え、彼女の身柄を押さえた。細野の狙い通りになったってことだ。もちろん、細かく調べていけば証拠や手掛かりは残っていたかもしれない。だけど、あの状況で警察が玲子さんを押さえたのは当然だよ」

「先生が……あたしのために？」

裕美がまばたきを繰り返す。頬にはかすかな笑みが浮かんでいた。

「君は愛されていなかったと言うけど、愛していない女のためにそんなことはしないだろう。細野は君を愛していた。もしかしたら、自分でもわかっていなかったのかもしれない。死を目の前にして、初めて本当の自分の気持ちに気づいたんだ。彼は君を愛していたんだとぼくは思う」

「そうでしょうか……本当に？　だとしたら、あたし……」

裕美の両眼から涙が溢れる。だが表情は笑っていた。自分の心が整理されていないのだろう。愛されていたという悦びと、その愛してくれた者を殺してしまったという複雑な感情が交錯して、どうしていいのかわからなくなっているようだった。

「よろしい。後のことを考えよう」金城が立ち上がった。「とにかく、今は警察だ。自首した方がいい。我々が付き添う。君の味方になる……行こうか」

はい、と裕美がうなずく。迷いのない表情になっていた。

11

桜田門の警視庁本庁舎まで行って、捜査一課の夏川という女性刑事に裕美を引き渡した。夏川には警視庁へ向かう途中、金城が電話で説明をしていた。二十代半ばに見えたが理解は早く、余計なことは何も言わずに裕美を庁舎の中へ連れていった。雅也と共に庁舎の外に出た金城が、君は面白い男だ、と微笑んだ。

「行動力もある。推理する能力も低くない。思った以上に探偵に向いているかもしれないな」

「自分では……よくわからないですけど」

「ただし、甘々ではある」金城の笑みが濃くなった。「大甘だな」

「どういう意味ですか？」

「細野は草野裕美のことを愛してなどいなかった」金城の笑みに苦いものが混じる。「細野が鍵をかけたのは、裕美が戻ってきて止めを刺そうとするかもしれないと恐れたからだ。そんなにロマンティックな男じゃない」

「そうなんでしょうか」

自分が言ったことに自信があるわけではなかった。愛がなかったとしたらあまりにも残酷過ぎると思ってあんなことを言ったが、間違っていたのだろうか。

「残念だが、世の中はそんなに希望に満ちていない」金城が二度首を振った。「細野のように残酷な男は確かにいるんだ。愛なんて感情は持ち合わせていないよ」

「ですが、細野は水沢瞳を愛していたと……」

「それも思い込みだ。他の女の子とは違って、彼女は細野の意のままにならなかった。振り回され、追いかけた。それを愛と勘違いしたに過ぎない」

「社長は……ずいぶんシニカルなんですね」

「リアリストと言ってほしい。探偵には必須の条件だよ。さて、玲子くんを迎えに行こう。黒井もいつまでも留めてはおけない。草野裕美のことを話せばさすがに釈放するだろう」

「弁護士の堤さんにやってもらった方が……」

「最終的にはね。だが、我々も行くべきだ。これ以上一人にさせてはおけない」

「ずいぶん玲子さんに肩入れするんですね」雅也は正面から金城を見つめた。「どういうことです？　あなたは他の調査を中断させて、探偵たちをこの事件に集中して投入した。金だって相当使ってるでしょう。そこまでしなくても、玲子さんの潔白はいずれわかったはずだし……」

「君は警察に泊まったことがないだろう？　だからそんなことを言えるんだ。嫌なものだよ、留置場っていうのは……あんなところに長くいさせたくない」

「それは、もちろんそうなんでしょうけど……」

「そんなに不思議なことをしているつもりはないがね」金城が顎の辺りを撫でた。「当たり前のことをしているだけだ。仲間を救うのは絶対的な優先事項だよ。なぜ救おうとするのかって？　仲間だからだ。それは理屈じゃない。決まっていることなんだ。窮地に陥った仲間を見捨てることはしない。それはルールなんだ」

「だって玲子さんは……社員ですよね？　まさか社長、何か関係でもあるんですか？」

逆だ、と金城がつまらなそうに言った。

「むしろ嫌われてる。私はあまり他人から好かれない。悲しい話だがね。コミュニケーション能力が欠けてるんだ」

「だったら余計に……くどいようですけど、社員ですよ？　社員を救うためなら何でもすると？」

「何でもだ。どんなことでもする。社員というよりもう少し強い言葉を使いたい。彼女は仲間なんだ。玲子くんだけじゃない。徳さんだろうが美紀くんだろうが、誰がピンチになっても助ける。絶対だ」

「それは……ぼくでもですか？」

「君でもだ。君は仲間だからね」

「ぼくはあなたのことを知らない」雅也は苦笑いを浮かべた。「あなたと仲間だなんて思っていない。あなただってそうでしょう？　ぼくのことなんか何もわかってないですよね？　仲間だなんて……あなたが言う仲間の意味はよくわかりませんけど、それだけの関係を作るには時間がかかるんじゃないですか？」

ふむ、とうなずいた金城が鼻の頭を指で掻いた。

「いや、君は仲間だよ。私が言う仲間とは、信頼できる者のことだ。さっき私は細野のことを残酷な男だと言ったが、その逆もまた真なりでね。あんな奴ばかりじゃない。信頼できる人間も大勢世の中にはいる。彼ら彼女らを仲間だと考えている。そういう人のためなら何でもする。世の中そんなに甘くないって？　知ってるさ、そんなこと。だが、仲間は確かにいる。君のような」

「ぼくのようなって……あなたはぼくのことを知らないじゃないですか」

そうでもない、と金城が微笑んだ。

「君のことは知っていた。ひと月以上前からだ」

「ひと月？」

「君は電車でホームレスの老人を救った。正確に言えば救おうとした。老人に人工呼吸を試みて、蘇生させようとした」

何のことかと思いながら、記憶を探る。言われてみればそんなことがあった。

「老人は汚れていて、近づきたいと思うような人間ではなかった」金城が言った。「マウストゥーマウスと簡単に言うが、普通ならできるもんじゃない。だが君はやった」

「やりたくありませんでしたよ」その時の感触を思い出して唇を強くこすった。「死ぬほど嫌だった。どれだけためらったか……最後まで嫌で嫌で、逃げようかって……だけど、しょうがないじゃないですか。他に誰もいなかったんです。助けようとか思ったわけじゃない。そんなに立派な人間じゃありませんよ」

「それでも、やらない者はいる」金城が雅也の肩に手を置いた。「やろうと思えば誰にでもできることだ。だが、やらない者はやらない。簡単だ。背を向けて立ち去ればいい。誰も責めたり非難したりはしない。見も知らないジジイが行き倒れたって、知ったことじゃないさ。すぐ忘れる。そんなものさ」

「……そうです」

「君は逃げなかった。やりたくなかったというのは本当だろう。私だって嫌だよ。だが、やりたくなくても、やらなければならないことはやる。そういう男だとわかった。そういう人間を信頼できると考えている」

「……信頼？」

「居合わせたのは偶然だったが、私はすべてを見ていた。事が済んで去っていった君の後をつけ、トヨカワ自動車本社ビルに入るところまで見届けた。これでも探偵を十年以上やっている。身上調査は最も多い仕事のひとつで、しかも難しくなかった。君の社内的なポジションもわかった。苦労してるね、君は」

「放っといてください」

「言ったと思うが、探偵の一人が辞めたのは本当だ。後任を捜していた。タイミングが合ったということもあるが、そうでなくても君を誘っただろう。いい人材はスカウトしないとね」

「野球じゃないんだ」雅也が舌打ちした。「せめてヘッドハンティングと言ってくださいよ」

「昭和の男なんでね。君が仲間として迎え入れるに足る人間だとわかった。もし君に何かあれば、すべてを懸けて助ける。関係を構築するのに時間が必要とは思わない。インスピレーションは重要だよ」

「なぜそんな……？　仲間はそんなに大切ですか？」

「非常にね。私がピンチに陥った時は全力で助けてほしいからね。世の中、持ちつ持たれつさ。助け合いの精神だよ。ボーイスカウトで習わなかったか？　いや、私は入団していないんだがね」

「他のみんなも、仲間だと信ずる理由があるんですか？」

「もちろん。だから誘った。私は強い人間じゃない。君もそうかもしれないが、弱い存在だよ。しかもめちゃくちゃにね。一人じゃ何もできない。そんな程度の男なんだ。そりゃ仲間が必要になるさ。一人では無理なことでも、集まれば何とかなるかもしれない。そうじゃないか？」

「ぼくは……間違っていたようです。あなたはリアリストなんかじゃない。ロマンチストだ」

「それもまた探偵の条件だ。さて、タクシーを捕まえてくれ。玲子くんを迎えに行くんだ」

雅也は車道に一歩踏みだして手を上げた。ハザードをつけてタクシーが近づいてきた。

12

翌朝九時、雅也は持っている中で一番上等なスーツを着て出社した。三十分部長席の脇で立って待った。九時半、入ってきた服部が不快そうな顔になった。

「……何かあったか？　トラブル？」

違います、と首を振った。

「少し時間をいただけませんか。話を聞いてほしいんです」

カバンを席に置いた服部が、いいだろうとうなずいた。雅也の様子に何かを感じたようだ。連れだってフロアの小会議室に入る。向かい合わせに座った。

「朝からすいません。五分で終わりますから」

「辞めるのか？」

機先を制するように服部が言った。意外でもなさそうだった。まだわかりません、と雅也は肩をすくめた。

「この会社には希望して入りました。面接の時には企業理念に憧れがあると言いました。それは嘘じゃなかったし、就職読本を読んでそんなことを言ったんじゃありません。本気でそう思ってましたし、今もいい会社だと思ってます。本音を言えば、有名で安定してる会社だってこともあったんですけど」

「ふうん」

服部がフリスクを取り出して二粒口にほうり込んだ。

「経営は問題ないし、給料もいい。日本最大の企業のひとつですからね。ぼくは普通にいい暮らしをしたいと願う人間です。誰だってそうでしょう。入りたくて入社しました。これからもお世話になりたいと考えています」

「いたけりゃいればいいさ」

「ですが、ひとつだけ確かめたいことがあるんです」

「何だ？」

「あなたは上司で、ぼくは直属の部下です。命令は聞いてきました。駄目な社員だと思ってるかもしれませんが、それなりに一生懸命にやってきたつもりです」

「そうか？　認めないとは言わないがね」

「仮にぼくが……失敗をやらかしたとしたら、助けてくれますか？」

「わからんよ。程度にもよる」

「そのミスがぼくの責任ではないと主張したらどうです？　ぼくを信じてくれますか？」

「……そんな簡単にはいかん」服部が苦笑した。「事情を確認しなきゃならない。責任っていうのはそれぞれ考え方が……」

「はっきり言います。何かあった時、ぼくという人間を無条件で信じてもらえますか？」

「何が言いたいんだ？　無条件？　馬鹿らしい……ケースバイケースだ」

「わかりました」雅也は上着のポケットから封筒を取り出した。「退職届です。受理してください」

「……どういうことだ？」服部が暗い目で言った。「辞めるって、うちをか？　トヨカワを？　どんな会社より待遇はいい。将来的に安定もしている。そんな会社を辞めてどうする？　どこへ行く？」

「お世話になりました」立ち上がって一礼する。「荷物は明日取りに来ます。ルールに則って辞めますから、心配しなくて結構です。迷惑はかけません」

「迷惑だよ」服部が怒鳴った。「そんな一方的な……こんなことされたらおれの評価にもつながるんだぞ。わかってるのか？」

失礼します、ともう一度頭を下げて小会議室を出た。上着を脱いで、肩に引っかける。口笛を吹きながら歩きだした。

13

「こんちは」ドアを開けて声をかけた。「どうもです」

「ああ、井上くん」受付に座っていた真由美が面倒臭そうに顔を向けた。「どうしたの？もうバイトは辞めたんじゃなかったの？」

「バイトはね。正式に雇ってもらおうと思って」

へえ、と立ち上がった真由美が部屋の奥へ進んだ。

「まあ、それもいいんじゃない？　お勧めはしないけどね。みんなにも聞いてみたら？」

会議室のドアを開くと、探偵たちが揃っていた。

「おや、井上くん」立木がつまらなそうに片手を上げた。「こんな時間にようこそ。会社はどうした？」

「辞めてきました」

「若者は怖いもの知らずだ」徳吉がつぶやく。「トヨカワ自動車だろ？　大会社じゃないか。辞めなくたって……」

「こんちは」美紀が頭を下げる。「そうすか」

奥の席に座っていた玲子が微笑みかける。どうも、と雅也も頭を下げた。

「別に歓迎しないぜ」立木がぶっきらぼうに言った。「適当にやってくれ。そんな仕事だよ」

他の探偵たちもうなずく。どうぞご自由に。そんなスタンスだった。

「よろしくお願いします」ぼくの席は、と辺りを見回す。「席は……あります？」

「その辺、座ってれば」真由美が顎で指す。「どこでもいいんじゃないの？」

背後でドアが開き、金城が入ってきた。

「依頼人が来る」手をこすり合わせた。「金持ちだ」

「マジですか？」

立木が椅子の上で飛び上がった。間違いない、と満面の笑みを浮かべる。

「身元は確認した。女房が浮気しているらしい。金ならいくらでも出すと言っている。搾り取れるぞ」

「労働の時間だ」徳吉が手を叩く。「金の匂いがしてきた」

準備を、と金城が指示する。了解しました、と探偵たちが動き始めた。

「井上くん」真由美が指で脇腹を突いた。「ホントに辞めたの？」

「そうだよ。たった今、辞めてきた」

「バッカじゃないの？　私立探偵だよ？」

「わかってる」

「面白くない仕事だよ、マジで。それでもいいの？」

雅也は肩をすくめて笑った。バッカじゃないの、と繰り返した真由美が会議室を出て行った。

〈初出〉
二〇一四年八月刊「宝石　ザ　ミステリー　2014年夏」

光文社文庫

文庫オリジナル
南《みなみ》青《あお》山《やま》骨董《こつとう》通《どお》り探《たん》偵《てい》社《しや》
著 者　五十嵐《いがらし》貴《たか》久《ひさ》

2015年3月20日　初版1刷発行

発行者　鈴木広和
印　刷　萩原印刷
製　本　榎本製本

発行所　株式会社　光文社
〒112-8011　東京都文京区音羽1-16-6
電話 (03)5395-8149　編集部
8116　書籍販売部
8125　業務部

ISBN978-4-334-76881-2　Printed in Japan

組版　萩原印刷

お願い　光文社文庫をお読みになって、いかがでございましたか。「読後の感想」を編集部あてに、ぜひお送りください。

　このほか光文社文庫では、どんな本をお読みになりましたか。これから、どういう本をご希望ですか。

　どの本も、誤植がないようつとめていますが、もしお気づきの点がございましたら、お教えください。ご職業、ご年齢などもお書きそえいただければ幸いです。当社の規定により本来の目的以外に使用せず、大切に扱わせていただきます。

光文社文庫編集部

灰色の動機　鮎川哲也
崩れた偽装　鮎川哲也
無人踏切（新装版）　鮎川哲也編
完璧な犯罪　鮎川哲也
憎悪の化石　鮎川哲也
写真への旅　荒木経惟
シャクチ　荒山徹
つり道楽　嵐山光三郎
白い兎が逃げる　有栖川有栖
有栖川有栖の鉄道ミステリー旅　有栖川有栖
妃は船を沈める　有栖川有栖
長い廊下がある家　有栖川有栖
ぼくたちはきっとすごい大人になる　有吉玉青
女たちの輪舞曲　家田荘子
修羅な女たち　家田荘子
煙が目にしみる　石川渓月
スイングアウト・ブラザース　石田衣良

アイルランドの薔薇　石持浅海
月の扉　石持浅海
水の迷宮　石持浅海
セリヌンティウスの舟　石持浅海
顔のない敵　石持浅海
心臓と左手　石持浅海
ガーディアン　石持浅海
君がいなくても平気　石持浅海
八月の魔法使い　石持浅海
この国。　石持浅海
トラップ・ハウス　石持浅海
カンランシャ　伊藤たかみ
女の絶望　伊藤比呂美
セント・メリーのリボン　稲見一良
猟犬探偵　稲見一良
林真紅郎と五つの謎　乾くるみ
グラジオラスの耳　井上荒野